エンジョイ・アワー・フリータイム

岡田利規
okada toshiki a.k.a. Chelfitsch

白水社

エンジョイ・アワー・フリータイム

装丁＝岡本健＋

はじめに

この戯曲集『エンジョイ・アワー・フリータイム』は、わたしが二〇〇〇年代後半に書いたいくつかの戯曲のうちから三編――〇九年に書いた「ホットペッパー、クーラー、そしてお別れの挨拶」、〇八年に書いた「フリータイム」、そして〇六年に書いた「エンジョイ」――を、今挙げた順番、つまり新しい作品から古い作品へと遡る順番で収めたものです。

「ホットペッパー、クーラー、そしてお別れの挨拶」のうちの一編「クーラー」は、〇五年にすでに短編として書かれていたものです。それから〇九年までの五年間でわたしは、スタイルを変遷させたようにも思えるけれど、変えていないようにも思えます。深化させたのかもしれませんし、引き出しを増やしたのかもしれないし、なんにも変わってないのかもしれない。

変わらない点があるとすれば、そのひとつはおそらく、スタイルを変えていきたいという気持ちだけは常に持っているということです。

それから、わたしにはどうにかして現実を肯定しようとする傾向がある、ということ。それが皮肉めいた形を取っていることはあるにしても、きっとそれは、単なる照れ隠しなのです。

岡田利規

目次

はじめに……3
ホットペッパー、クーラー、そしてお別れの挨拶……7
フリータイム……55
エンジョイ……103
おわりに……185
上演記録……190

ホットペッパー、クーラー、そしてお別れの挨拶

第1部　ホットペッパー

とあるオフィス。派遣社員1・2・3、登場。

字幕「三人の派遣労働者。」

休憩時間なのか、缶コーヒーや、雑誌などを手にしている。そのうちのひとつは、派遣社員1が持っている、フリーのクーポンマガジン「ホットペッパー」である。

1

派遣社員1　なんか、エリカさんの送別会、今度やることになったじゃないですか、幹事、うちら派遣の三人でやることになったじゃないですか、どんなのがいいですかね？　日にちは、まだ決まってないんでしたっけ？　日程は、決まってましたっけ？　まだ決まってないですよね、送別会の幹事、うちら派遣の三人でやることになったじゃないですか、送別会の場所のほうも、お店を、どこのお店にするかというのは、まだ決まってないんでしたっけ？　どういった系のお店にするかという方向性は、決まってましたっけ？　まだ決まってないですよね、エリカさんの送別会、今度やることになったじゃないですか、どんなお店がいいか、なにかアイデアが、幹事として、うちら三人の中で、ある人がいたら、いちばんいいですよね、ありますか？　どんなのがいいですかね？　幹事としての、強い提案、みたいのは、特にないですかね？　幹事、うちら派遣の三人でやることになったわけじゃないですか、どんなのがいいですかね？　幹事としての強い提案が、もしもないようだったら、僕今日はほんとこれたまたまなんですけど、ホットペッパーを持ってきてるんですよ、でも、どんなお店がいいか、なにかアイデアが、幹事として、うちら三人の中で、ある人がいたら、いちばんいいですよね、エリカさんの好きなものって何かとかって、知ってる人って、いたりしますか？　どんなのがいいですかね？　キライなものも、知ってる人って、いたりしますか？　いないですかね？　いないようだったら、僕今日はほんとこれたまたまなんですけど、ホットペッパーを持ってきてるんですよ、ホットペッパーの中って、和食とか、アジア系とか、お店ジャンル別にわかれてるじゃないですか、そのジャンルで言うと、エリカさんの好きなものって何かとかって、知ってる人って、いたりしますか？　幹事、うちら派遣の三人でやることになったじゃないですか、どんなのがいいですかね？　こういうのやったことないんですよね、僕、困ってるんですよね、どんなお店がいいか、なにかアイデアが、幹事として、うちら三人の中で、ある人がいたら、いちばんいいですよね。

2

派遣社員2　それじゃあ、わたしが、エリカさんの好きなものについての情報で、知ってること――が一応ある――っていうのを、言ってもいいですか？　でも相当前の、古い情報なんですけど、最新情報じゃないんですけど、でも、言ってもいいですか？　今度の送別会のお店の、方向性をどうするかを決めるにあたって、参考に、幹事としての、わたしたち三人の、ひとつの手がかりには、なるかなと思いますので、わたしが、エリカさんの好きなものについての情報で、知ってること――が一応ある――というのは、それは、モツ鍋です、でもこれ相当前の、古い情報なんですけど、前に、いつだったか全然おぼえてないんですけど、エリカさんが「わたし実はモツ鍋ってすごい好きなんですよねー」的なことを言ってた記憶があるんですよね、だから、エリカさんの送別会、今度やることになったじゃないですか、モツ鍋というのも、ひとつの選択肢としては、あるかもしれないですよね、でも相当前の、古い情報なんですけど、最新情報じゃないんですけど、今もモツ鍋好きなのかどうかは分からないんですけどね、でも、ひとつの選択肢としては、あるかもしれないですよね、送別会、今度の、お店選びは、モツ鍋、意外とモツ鍋というのも、逆にいいかもしれないですよね、今もモツ鍋好きなのかどうかは分からないんですけどね、でも、ひとつの選択肢としては、あるかもしれないですよね、送別会、今度の、お店選びは、モツ鍋。

3

派遣社員3　でもね、わたしひとつ疑問なことがね、あるんですけどね、送別会ってね、普通はそういう幹事って、ちゃんとした社員の人がね、引き受けるもんじゃないのかなあと思うんですよね、なんか、エリカさんのわたしたち、派遣の三人で、幹事やることになったのって、やっぱりなんか違う気がするんですよね、送別会ってね、普通はそういう幹事って、ちゃんとした社員の人がね、引き受けるもんじゃないのかなあと思うんですよね、エリカさんのこと送り出したい気持ちがないとか、そんなのいやだってことでは、全然ないですよ、でもね、送別会の幹事みたいな役割っていうのは、ちゃんとした社員の人が率先してやるものなんじゃないかなあと思うんですよね、わたしたちが、わかりましたじゃあやりまーす幹事、って引き受けたときって、なんとなく、派遣の人の送別会だから、幹事も派遣の人がお願いしますよー、みたいな雰囲気が、あったでしょ、あのときは、まあそういうもんかなあって思ってたんですよね、だから、わたしたちも、なんにも疑問持たないで、わかりましたじゃあやりまーす幹事、みたいに幹事引き受けたところって、あると思うんですよ、でもね、わたしひとつ疑問なことがね、あるんですけどね、普通はそういう幹事って、ちゃんとした社員の人が率先してやるものなんじゃないかなあと思うんですよね、エリカさんのこと送り出したい気持ちがないとか、そんなのいやだってことでは、全然ないですよ、エリカさん送り出す気持ちは、ありますよ、全然やぶさかじゃないですよ、でもね、わたしたちが、わかりましたじゃありまーす幹事、って引き受けたときって、なんとなく、派遣の人の送別会だから、幹事も派遣の人がお願いしますよー、みたいな雰囲気が、あったでしょ、でも、いや、そういうもんでもないんじゃないかなあと、今となっては思うんですよね。

4

派遣社員2　送別会のお店を、モツ鍋にする選択肢があっていいかもっていうさっきの、わたしの提案、おぼえてますか？　どう思いますか？　モツは、平気ですか？　食べられますか？　モツ、好きですか？　苦手ですか？　エリカさんがモツ鍋好きって言ったってことは、わたし、事実としてすごく大事だと思うんですよね、わたし、モツ鍋っていうのは、誰もが普通に食べれるものというよりは、苦手な人も比較的いる感じのものだとは思うんですね、独特の臭み、それから、ぷにぷにって食感もそうですけど、ダメな人いると思うんですね、モツは、平気ですか？　食べられますか？　モツ、好きですか？　苦手ですか？　そんなモツを、送別会みたいな、みんないろんな人がいる場の会場のお店として選ぶのは、ふさわしくないって考え方も、あると思うんですね、どう思いますか？　わたしたち、幹事として、みんなのことを考えて、お店のことも決めないといけないところはあると思うんですね、でも、送別会のお店を、モツ鍋にする選択肢があっていいかもっていうさっきの、わたしの提案、おぼえてますか？　あれをひっこめたくないところがあるんですよね、どう思いますか？　エリカさんがモツ鍋好きって言ったってことは、わたし、事実としてすごく大事だと思うんですよね、だから今回は、モツ鍋で押し切りたいですよね。

5

派遣社員1　なんか、送別会のことで、一番難しいなあって思うのが、こういう送別会って、予算って、だいたい幾らくらいにするのがいちばんいいのか、わかりますか？　ホットペッパーって、このお店だと予算このくらい、みたいなのも見ると一目でわかるんですよね、だから、その点も考慮して、お店選びは、選びたいですよね、会費は、だいたい幾らだろう？　二、だとあまりにも安すぎますよね、やっぱ、ひとり五、くらいになるんですかね、五って、正直な話、結構な額ですよね、プラス、エリカさんの分は当然みんなで持ちますよね、それも入れて五、くらいにはしないといけないですよね、三くらいだとなあ、ほんとうは、いいですけどね、五って、正直な話、結構な額ですよね、五が一晩で飛ぶのって、結構な痛手ですよね、エリカさんのこと送り出したい気持ちがないとか、そんなのいやだってことでは、全然ないですよ、もしかしたら、五でもまだ安いですかね、もう少しいくべきですかね、八、くらいはいくものなんですかね、でもそれはちょっと、避けたいなあ、なんか、送別会のことで、一番難しいなあって思うのが、こういう送別会って、予算って、会費は、だいたい幾らくらいにするのがいちばんいいのか、わかりますか？　うちら派遣とちゃんとした社員とで、会費、やっぱり一律ですかね？　差額つけてみます？　幹事、うちら派遣の三人でやることになったじゃないですか、この際、うちら派遣とちゃんとした社員とで、会費、差額つけてみます？　ちゃんとした社員の人は七で、うちらは五、くらいなのは、結構妥当じゃないですかね？　こういう送別会って、予算って、会費は、だいたい幾らくらいにするのがいちばんいいんですかね？　わかりますか？　ホットペッパーって、このお店だと予算このくらい、みたいなのも見ると一目でわかるんですよね、ホットペッパーって、ほんといろんな面をフォローしてくれていて、すごいなんにでも使えて、便利なんですよ、でも、五って、正直な話、結構な額ですよね、五が一晩で飛ぶのって、結構な痛手ですよね、差額つけてみます？　幹事、うちら派遣の三人でやることになったじゃないですか、ちゃんとした社員の人は七で、うちらは五、くらいなのは、結構妥当じゃないですかね？　理想を言えば、十と三、くらいですけどね、でも十と三は、さすがにあんまりですかね、三くらいだとなあ、ほんとうは、いいですけどね。

6

派遣社員3　それにしてもね、どうしてよりによって、エリカさんが、わたしたち三人の誰よりも先に契約切られるんですかね？　完全に予想外でしたよね、エクセルとかも、わたしたちの中では一番使いこなせてる感じだったじゃないですか、エリカさんいなくなったら、かなり痛手だと思うんですけどね、エリカさんって、わりと仕事できた人だったじゃないですか、幹事を引き受けることって、そういうエリカさんへのありがとうの気持ちっていうのを形式的に示す、ということでしょ？　そういうのって、やっぱり、ちゃんとやらなきゃいけないのは、わたしたちなんかより、ずっと、ちゃんとした社員の人たちのほうなんじゃないかと思うんですけどね、でもね、わたし分からないんですけど、どうしてよりによって、エリカさんが、わたしたち三人の誰よりも先に契約切られるんですかね？　完全に予想外でしたよね、エリカさんって、わりと仕事できた人だったじゃないですか、エクセルとかも、わたしたちの中では一番使いこなせてる感じだったじゃないですか、幹事を引き受けることって、そういうエリカさんへのありがとうの気持ちっていうのを形式的に示す、ということでしょ？　どうしてよりによって、エリカさんが、わたしたち三人の誰よりも先に契約切られるんですかね？　何かあったんですかね。

7

派遣社員1　なんか、送別会って、お店どこにするかの、お店選びは、基本的には、主役がなにが好きかってことを最優先にして決めるんですよね？　僕それ、知ってるんですよ、前にホットペッパーにそういうこと、記事に書いてあって、読んだんですよ、お店選びは、基本的には、主役の好きなものを最優先にして決めるべしっていうね、三月くらいのホットペッパーで、ちょうど送別会とかのシーズンのホットペッパーだったんあなたはなりました、ナントカ先輩がニューヨーク支店に栄転になりました、送別会の幹事に、あなたはなりました、さてどういうことをしたり、気をつけたりしないといけないか、ってことが書いてあったんですよね、寄せ書きとかみんなからのプレゼントはどのタイミングで渡すか、とかね、お店選びのときは幹事の好みとかで決めたらブッブーで、主役は、送別される人じゃないですか、送別される人の好みをさり気なく聞いておいて、それを参考にしてお店選びは、選ぶべし、とかね、ホットペッパーって、ほんといろんな面をフォローしてくれていて、すごいなんにでも使えて、便利なんですよ、だから、そういう意味で言うと、僕は今回は、お店はモツ鍋でいいんじゃないかと、思ってはいるんですよ、ほんとうに、エリカさんがモツ鍋が好きなんだったら、それで押し切るべきだと思うんですよね、お店選びは、基本的には、主役の好きなものを最優先にして決めるべしっていうね。

8

派遣社員3　あのね、わたし、提案があるんですね、今回、エリカさんがこういうことになったじゃないですか、どうしてよりによって、エリカさんが、わたしたち三人の誰よりも先に契約切られるんですかね？　完全に予想外でしたよね、でもね、それはともかくとして、すぐに二番目三番目って続いていくわけですよね、それって絶対、このあとは、わたしたちのうちの誰かですよね、切られるの、それって、でもね、いつやって来るか、わからないですよね、そう遠くない将来の、最悪ね、いきなり来月ってことだって、あるかもしれないですよね、わたしね、準備しておかないとなあって思ったんですよね、備えあれば憂いなしって言いますしね、わたしね、だから今のうちに、はっきり希望を伝えておこうと思ったんですよね、ちなみにわたしはね、中華がいいんですよね、とこうやって、今のわたしみたいに、送別会のお店の、タイプの希望を、みんなでちゃんと伝えあって、把握しあっておいたほうがいいと思うんですよね、どんなところがいいですか？　送別会のお店の、タイプの希望、みんなでちゃんと伝えあって、把握しあっておいたほうがいいと思ったんですよね、備えあれば憂いなしって言いますしね、ちなみにわたしはね、中華がいいんですよね、杏仁豆腐がおいしいところだったら、なおいいですね。

9

派遣社員1　僕はそうだなあ、僕もやっぱり、自分の送別会のときは、中華ですかねえ、でも、それだと、二回続けて中華が、かぶっちゃいますけどねえ、二回続けて中華は勘弁してほしいって思う人、いますかねえ、だったら、普通に居酒屋とかでも全然いいですけどねえ、でも、別に二回続けて送別会が中華でもいいのか、だって、送別会って、二日連続でやるわけじゃないですもんねえ、連続といったって、ひと月は空くわけですからねえ、だったら、僕はそうだなあ、僕もやっぱり、自分の送別会のときは、中華ですかねえ、でも、普通に居酒屋とかでも全然いいですけどねえ、今のうちからホットペッパーでよさげな居酒屋探しておこうかな、僕今日はほんとこれたまたまなんですけど、ホットペッパーを持ってきてるんですよ、でも、もしも中華でも居酒屋でもどっちでも好きなほうにしていいよってことになったら、そのときは、じゃあ、中華にしようかな、今のうちからホットペッパーでよさげな中華探しておこうかな、でも、それだと、二回続けて中華が、かぶっちゃいますけどねえ、二回続けて中華は勘弁してほしいって思う人、いますかねえ、僕は全然、だいじょうぶなんですけどねえ、だったら、普通に居酒屋とかでも全然いいですよ、あ、でもやっぱり居酒屋でいいですよって妥協するのは、よくないな、ていうか、送別会って、お店どこにするかの、お店選びは、基本的には、主役がなにが好きかってことを最優先にして決めるんですよね？　だったら、僕の意見次第ですよねえ、僕はそうだなあ、僕もやっぱり、自分の送別会のときは、中華ですかねえ、今のうちからホットペッパーでよさげな中華探しておこうかな、僕今日はほんとこれたまたまなんですけど、ホットペッパーを持ってきてるんですよ、ホットペッパーの中って、和食とか、アジア系とか、お店ジャンル別にわかれてるじゃないですか、中華ももちろんあるんですよ、居酒屋っていうコーナーも、ありますしね、ホットペッパーって、ほんといろんな面をフォローしてくれていて、すごいなんにでも使えて、便利なんですよ、最高だよねホットペッパー。

10

派遣社員2　あの、ごめんなさい、わたし、自分の送別会のときは、どんなお店がいいか、というのを、言う前に、実は、ごめんなさい、みなさんに謝らなければいけないことがあるんですけれども、わたし、さっき、ごめんなさい、エリカさんの好きなものについての情報で、知ってること——が一応ある——っていうことで、エリカさんはモツ鍋が好きだって言っていたって、言ったんですけど、それは、嘘を言っていました、わたし、無性にモツ鍋を食べたくなって、それは、おととい、見たんです、テレビで、モツ鍋の特集を、偶然点《つ》けたら、やっていて、見てしまって、おいしそうだなあって思って、体にもよさそうだなあって思って、それで、わたし、無性にモツ鍋を食べたくなって、それから、ついでに、モツ鍋ってニラが、たっぷり入っていますよね、だから、ニラも食べたくなって、ごめんなさい、でも、そうですよね、自分の送別会のときに、モツ鍋にすればいいんですよね、そう遠くない将来の、ごめんなさい、だから、もうおわかりかと思いますけど、わたし、自分の送別会のときは、どんなお店がいいか、というと、それはモツ鍋です、でも、そうですよね、自分の送別会のときに、モツ鍋にすればいいんですよね、そう遠くない将来の、わたしそういえば、考えてみれば、最近、モツ鍋全然食べてないなあって思って、でも、きっとこれ、体のどこかの、なにかに絶対よくないはずですよね、それから、最近ニラも全然食べてないなあって思って、でも、きっとこれ、体のどこかの、なにかに絶対よくないはずですよね、ニラは、すごくいい野菜なんですね、それは、おととい、見たんです、テレビで、ニラは、緑黄色野菜ですけど、すごくいい野菜なんですね、ニラは、独特のあの匂いがありますけど、あれは、アリシンという成分なんですよね、それは、おととい、見たんです、テレビで、モツ鍋の特集を、偶然点けたら、やっていて、ニラは、ユリ科の緑黄色野菜なんですけど、アリシンという成分は、殺菌や、血液をサラサラにする効果のある成分で、たとえば動脈硬化に効く効果が、あるということで、体にもいいし、モツ鍋ってニラが、たっぷり入っていますよね、だから、モツ鍋も食べたくて、でも、そうですよね、自分の送別会のときに、モツ鍋にすればいいんですよね、そうか、ちょっと楽しみですなあ、早く食べたいなあ、モツ鍋、でも、モツ鍋は、今よりも、もう少し寒い季節になってからのほうが、きっとおいしいですよね、冬までもっといいけど、わたし。

第2部　クーラー

男と女が登場。

字幕「正社員の、男と女。」

三人の派遣社員は、傍らで、以下のやりとりを、見るでもなく見ている。

正社員(男)　今から「クーラー」ってのをやります。

正社員(男)　この人はマキコさんです。

正社員(男)　なんかねマキコさん、日曜朝とか、

1

正社員（女）　はい、

正社員（男）　政治のトークとかやるのとか、番組、もしかしたら、あるじゃないですかっていう、

正社員（女）　はい、

正社員（男）　どうですか？　知ってるかもしれないですけど、そういうテレビの、見るとすごいああいうのすごいトークの、

正社員（女）　はい、

正社員（男）　喋りを？　ああいうやつら、っていうかああいう人たち、人たちって、あるじゃないですか、なんていうか、僕見てるわけじゃないですか、そうするとね、思うんですよ僕とかすごい常に勉強になるなあっていうのは、見てると思うのがなにかっていうと、言っていいですかね、やめないじゃないですかまじですごい喋りを、持続がね、すごい喋るっていうか、ああいうやつら最後までトークっていうか粘り？　そう、絶対、ていうか自分がこれ言おうって決めていることがまずあるわけじゃないですか？

正社員（女）　ええ、

正社員（男）　あいつら的に？　そう、で、っていうのが、　そう、ありますよね？　っ

ていうのがあるわけじゃないですか、まず、みたいのが、ああいう人たちって、それで、最後まであいう人たち言わないと気が、すごい人が横から来ても（「横槍を入れてきても」の意）、ガンガン入れて来ても全然完無視して、気が済むまで行くぜ行くとこまで、みたいな、全然ガンガン声とか声がかぶってきたりしても全然っていうか、ほとんど「えーっ！」っていうくらい「え、ちょっとわざとだろそれお前？」くらいの勢いで、平気で行くじゃないですか、そういうのとかがすごいよなあ、やっぱりここまで行かないと？　いけないよなまじで本気出して俺もってすごい見るたびにっていうか、僕とか見ててやっぱり思うってのがあるじゃないですか、オッケーだなあっていう、そう、オッケーだなあっていうか、オッケーなのかな？　ってのはやっぱああいうの、なんていうのかな、鍛えて、っていうか、

正社員（女）　はい、私なんかちょっと寒くて、

正社員（男）　ある意味鍛えてるよなって感じが、すごい、だからすることとか、僕なんかあるってのが、ああいう人たち見てるとあるってのはあるから、そう、ある意味だからやっぱり勉強になるってのは一応あるかなとは思うんですよね、すごいああ、見習わないと俺もいっぱしのやっぱり？　社会人として？　少しはやっぱし？　いっぱし？　っ

ていうのが刺激っていうか、相当ああいうのありますよね、っていう――っすよね、

正社員(女)　ちょっと寒くて、かなりちょっとこれはあり得ないんじゃないかって感じだと思うんですけど、うちの設定温度オフィスの、二十三度、しかも強風とか言って、なってるじゃないですか、いつも、

正社員(男)　ええ、

正社員(女)　おかしいよっていうか、クーラーがだってすごい、え、だって、いつも設定が二十三度強風ってちょっと、それはあり得なさすぎなんじゃないかしらって思うんですけどって感じなんですねすごい、ちょっと本気でウケるんですけどっていうか、え、でも私とか一応結構体質が、なんだろ、冷え性気味かなっていう、

正社員(男)　あ、女性的には、きついかなちょっと、ってのはあれはちょっとね、あるかもしれないですよね、

正社員(女)　ええ、ていうか冷え性気味かなっていう人なんだみたいなところが、や、

2

女性的にはっていうか、でもある感じ？

正社員（男） ええ、

正社員（女） ってのは？　でも、はい、ええ、一応自覚してるかなみたいなつもりではいる？　わかんないですけど、

正社員（男） 女の人そうですよねすごいかわいそうですよね、

正社員（女） でも、そう、だからかなってのもあるかもしれないなとは一応私なりには、認識してるんですよ、

正社員（男） 女性はね、

正社員（女） なんですけど、はい、女性はねっていうか、

正社員（男） やばいですよね、

正社員（女） やばいっていうか、だからいつもほんとだからね、

正社員（男） ええ、

正社員（女） 職場いるときってもう本気で私どういう状態かっていうと、辛いんですね冗談抜きで、寒くて、なんだろ、

正社員（男） あ、でもはいマキコさんの辛さっていうか、あ、はい、

正社員（女）　ていうかほんとになんかもうやめたくなるくらいのあれなんですね、

正社員（男）　あ、でもマキコさんのその、わかるかなー少しは、みたいなところありますよ、

正社員（女）　職場いるときってもう本気で私どういう状態かっていうと、辛いんですね冗談抜きで、寒くて、なんだろ、

正社員（男）　あ、でもはいマキコさんの辛さっていうか、あ、はい、

正社員（女）　ていうかほんとになんかもうやめたくなるくらいのあれなんですね、

正社員（男）　あ、でもマキコさんのその、わかるかなー少しは、みたいなところありますよ、

3

正社員（女）　ちょっと寒くて、かなりちょっとこれはあり得ないんじゃないかって感じだと思うんですけど、うちの設定温度オフィスの二十三度しかも強風とか言ってなってるじゃないですか、いつも、

正社員(男)　女の人そうですよねすごいかわいそうですよね、

正社員(女)　おかしいよっていうか、私ほんとにね、どういう状態かっていうと職場いるときの私もう本気で、職場いるときって、冗談抜きで辛いんですね、相当いけてないぶるぶるとかしてもう足とかがくがくしてるんですねっていうかこのへん（腰や下腹）とか、キーンって感じっていうか、すごいなんだろ、わかんないかもしれないけど言ってる表現、

正社員(男)　や、そんなこと全然ないですよ、ちょっとあれかなっていうか、ないですよ！

正社員(女)　ほんとすぐお腹とかも、

正社員(男)　ええ、

正社員(女)　冷えてこわしちゃいがちにそれとか、

正社員(男)　ええ、

正社員(女)　なったりするし、だしそう、いっつもなんか全然だから仕事にならないんですけどみたいな状態でほとんど一日それがずっと続くわけじゃないですか、結構ほんとすごいみじめ、何しに会社来てるんだろう私？　っぽいすごいみじめな気持ちってい

うか、わかります？

正社員（男） ていうかマキコさん僕的にはもうこれ、そのクーラー？　温度いっつも二十三度に下げてる犯人ってのが確実にいるわけじゃないですか、

正社員（女） ていうかもうそれ誰かわかってるんですけどね、

正社員（男） ええ、ていうかだったら警察を？　もう呼んだほうが？　いいんじゃないかなみたいな気もするんですけどどうでしょうねっていうか、や、今ちょっと思いつきで言ってみたんですけど、思いつきで今ちょっと思ったんですけどね、

4

正社員（女） え、だって二十三度とか言って、真夏に二十三度って何度だよって気ィしません？　すごいもう本気で寒いんだけどっていうか、もう毎日、私、地獄かもしれないこの今の私が置かれてる情況、みたいな、座席私座ってるトコもろに送風口向いてるとこがこっち向いてて座ってるとすごい直撃だし顔面、ていうかおでこ、みたいな、だしそう、いっつもなんか全然だから仕事にならないんですけどみたいな状態でほとんど

一日それがずっと続くわけじゃないですか、結構ほんとすごいみじめ、何しに会社来てるんだろう私?　っぽいすごいみじめな気持ちっていうか、わかります?

正社員(男)　マキコさんなんかもう別に警察とか呼んじゃって?　ここまできたら別にいいと僕なんか思うんですけどねだってそういうもう情況そこまで来ちゃってるだろもう来るトコまでって感じだと思うんですよね、別に警察呼ぶのなんかそんな普通に別に呼んじゃっていいじゃないですか、

正社員(女)　大丈夫ですけど、でも警察は別にまだ、

正社員(男)　警察は別に、

正社員(女)　警察は別に、

正社員(男)　警察は別に、

正社員(女)　警察は別に、

正社員(男)　警察は別に大丈夫ですかね、

正社員(女)　ええ、とりあえず私自分でね、

正社員(男)　ええ、

正社員(女)　今のところはね、一応自力で気付くと直してるんですね、なんかいつも

二十三度とか言って何度だよ凍死するよって思って、二十三度とか言って、ほんとになってて、ほんとになってて、ほんとになってるじゃないですか冗談とかじゃほんとになくて二十三度にされてるんですよ設定、るんですよね気付いたらいつも、しかも強風とか言って、「えーっ？」って、だから直すんですけどね、今私自分で二十八くらいにあげちゃうんですけど気付いたときには、自分で、それでもなんか少ししたら、すぐ二十三度に戻されちゃってるんですけどね、しかも強風とか言って、設定、私がせっかく微風に、私が二十八度微風にしても強風にすぐ戻しちゃうんですね二十三度とか言ってしかも、

正社員（男）　え、なんかじゃあやっぱりぜったいっていうか警察とか呼ばないでも、でもいい大丈夫ですかね、呼びますか？　っていうか、呼んだほうが、やあ、二十三度でしょ？　だってそれはちょっと、

正社員（女）　はい、ええ、

正社員（男）　え、どうなのかな、ちょっとキテるな、

正社員（女）　はい、ええ、

正社員（男）　っていう、やあ二十三度それちょっとやあキテるなあっていう感じやっぱりあるなあって感じだともう来るトコまで来てるって言っていいところまで来てると思う

んですよね、

正社員（女）　ていうかすごい低いあり得ないんですけどっていう感じですよねなんかすごい二十三度とかって、え、二十三度ってほんとに何度なのかわかってるのかしらって感じなんじゃないかとか思いません？　しかも強風とか言って、「えーっ？」って、だから直すんですけどね、今私自分で二十八くらいにあげちゃうんですけど気付いたときには、自分で、それでもなんか少ししたら、すぐ二十三度に戻されちゃってるんですけどね、しかも強風とか言って、設定、私がせっかく微風に、私が二十八度微風にしても強風にすぐ戻しちゃうんですね、二十三度とか言ってしかも、

正社員（男）　ていうか警察僕やっぱり、僕携帯、僕今ちょうど持ってるじゃないですか、（探して）あれ？　番号もでもちょうどだから登録されてるんで僕の携帯に警察の、すぐだから呼べますけど、大丈夫ですか？　どうしますマキコさん？　ていうかこういうときは一番警察とかに頼むのがぶっちゃけ一番絶対早道じゃないかなってね、や、マキコさん僕はね、思うんですけどね、でもまあマキコさんがもちろん別に、それはまあいい、クーラーですよね、設定温度、温度設定、やあ、二十三度それちょっと、やあ、キてるなあっていう感じやっぱりあるなあって感じだと、もう来るトコまで来てるって言って

いいとこまで来てると思うんですよね、

正社員(女)　ていうかすごい低いあり得ないんですけど、

正社員(男)　あり得ないですよね、あり得ないですよね、

正社員(女)　っていう感じですよねなんかすごい二十三度とかって、え、二十三度ってほんとに何度なのかわかってるのかしらって感じなんじゃないかとか思いません?「えーっ?」って、

正社員(男)　マキコさん、クーラー寒いの、すごい僕が……

男、女の肩を抱く。そして……

5

元に戻って。

正社員(男)　クーラーですよね設定温度、温度設定、ですよね、

正社員(女)　ええ、

正社員(男)　なんかねマキコさん、日曜朝とか、

正社員(女)　はい、

正社員(男)　政治のトークとかやるのとか、番組、もしかしたら、あるじゃないですかっていう、

正社員(女)　はい、

正社員(男)　どうですか？　知ってるかもしれないですけど、そういうテレビの、見るとすごいああいうのすごいトークの、

正社員(女)　はい、

正社員(男)　喋りを？　ああいうやつら、っていうかああいう人たち、人たちって、あるじゃないですか、なんていうか、僕見てるわけじゃないですか、そうするとね、思うんですよ僕とかすごい常に勉強になるなあっていうのは、見てると思うのがなにかっていうと、言っていいですかね、やめないじゃないですかまじですごい喋りを、持続がね、すごい喋るっていうか、ああいうやつら最後までトークっていうか粘り？　そう、絶対、っていうか自分がこれ言おうって決めていることがまずあるわけじゃないですか？

正社員(女)　ええ、

正社員(男)　あいつら的に？　そう、で、っていうのが、そう、ありますよね？　っていうのがあるわけじゃないですか、まず、みたいのが、ああいう人たちって、それで、最後まであいう人たち言わないと気が、すごい人が横から来ても、ガンガン入れて来ても全然完無視して、気が済むまで行くぜ行くとこまで、みたいな、全然ガンガン声とか声がかぶってきたりしても全然っていうか、ほとんど「えーっ！」っていうくらい「え、ちょっとわざとだろそれお前？」くらいの勢いで？　平気で行くじゃないですか、そういうのとかがすごいよなあ、やっぱりここまで行かないと？　いけないよなまじで本気出して俺もってすごい見るたびにっていうか、僕とか見ててやっぱり思うってのがあるじゃないですか、オッケーだなあっていう、そう、オッケーだなあっていうかオッケーなのかなってのはやっぱああいうの、なんていうのかな、鍛えて、っていうか、

正社員(女)　はい、私なんかちょっと寒くて、

正社員(男)　ある意味鍛えてるよなって感じが、すごい、だからすることとか、僕なんかあるってのが、ああいう人たち見てるとあるってのはあるから、そう、ある意味だからやっぱり勉強になるってのは一応あるかなとは思うんですよね、オッケーだなあって

いうかオッケーなのかな？　ってのはやっぱああいうの、なんていうのかな、鍛えて、っていうか、ある意味鍛えてるよなって感じが、すごい、だからすることとか、僕なんかあるってのが？　ああいう人たち見てるとあるってのはあるから、そう、ある意味だからやっぱり勉強になるってのは一応あるかなとは思うんですよね、すごいああ、見習わないと俺もいっぱしのやっぱり？　社会人として？　少しはやっぱし？　いっぱし？　っていうのが刺激っていうか相当ああいうのありますよね、っていう――っすよね、クーラーですよね設定温度、温度設定、ですよね、

6

正社員（女）　え、だって二十三度とか言って、真夏に二十三度って何度だよって気ィしません？　すごいもう本気で寒いんだけどっていうか、もう毎日、私、地獄かもしれないこの今の私が置かれてる情況、みたいな、座席私座ってるトコもろに送風口向いてるとこがこっち向いてて座ってるとすごい直撃だし顔面、ていうかおでこ、みたいな、だしそう、いっつもなんか全然だから仕事にならないんですけどみたいな状態でほとんど

一日それがずっと続くわけじゃないですか、だって！　ちょっと仕事とか集中してるじゃないですか、私とか、バーって一瞬すごい集中が、わかんないですけど仕事してるときとかたまに神みたいなブラインドタッチとかにスピードがなってるんだけど私今、みたいな超能率いい状態でばりばりやってるじゃないですか、集中してればあるわけじゃないですか、集中するわけじゃないですか仕事にやっぱり一応バーって一瞬すごい集中が、そしたら、それがなんかすごい寒いんだけどみたいな、なんか足の先凍ってるんだけどみたいな、すごいもうゾワッていうラインが走るとそういう集中力全部どっかに一気に飛んじゃうでしょ、

正社員（男）　マキコさんすごいばりばりできる感じだなっていうのがありますよね、すごいいつも割とそう思って見てるなあっていうときわりと僕、多かったりはしますよね結構っていうか、

正社員（女）　ていうか誰がやってるかはもうだいたい実はわかってて、

正社員（男）　ていうかマキコさん僕的にはもうこれ、そのクーラー？　温度いっつも二十三度に下げてる犯人ってのが確実にいるわけじゃないですか？

正社員（女）　ていうかもうそれ誰かわかってるんですけどね、

正社員（男）　ええ、ていうかだったら警察を？　もう呼んだほうが？　いいんじゃないかなみたいな気もするんですけどどうでしょうねっていうか、や、今ちょっと思いつきで言ってみたんですけど、思いつきで今ちょっと思ったんですけどね、あれ、村上さんですよね、

正社員（女）　ていうか、もうはっきり犯人はわかってるんですよ、犯人は一人なんですよ、

正社員（男）　犯人村上さんですよね、

正社員（女）　こいつっていう人が、一人だけいていっつも二十三度にする人は一人だけなんですね、犯人は、でもうわかってるんですよ強風にするのも、同じ人なんですよ、

正社員（男）　犯人村上さんですよね、

正社員（女）　ていうか、もうはっきり犯人はわかってるんですよ、犯人は一人なんですよ、

正社員（男）　犯人村上さんですよね、

正社員（女）　こいつっていう人が、一人だけいていっつも二十三度にする人は一人だけなんですね、犯人は、でもうわかってるんですよ強風にするのも、同じ人なんですよ、

正社員（男）　犯人村上さんですよね、

正社員（女）　すごい絶対でも最初うちらね、最初絶対そいつは暑がりだから犯人は、だからデブが何人かいるじゃないですか、

正社員（男）　デブっていうか、太ってる系ですよね、どっちかっていうと、村上さんっていっつもダカラとか飲んでますよね、

正社員（女）　うちの会社のおじさん系のなかにも、そのうちのだから誰かだよね絶対って言ってたんですね、でも違ったんですけど違ったんですけど、村上さん別に太ってないじゃないですか、

正社員（男）　村上さんダカラとか飲んでますけどね、

正社員（女）　え、だって、いつも設定が二十三度強風ってちょっとあり得なさすぎかもしれないって思うんですけどって感じなんですねすごい、ちょっと本気でウケるんですけどっていうか、え、でも私とか一応結構体質がなんだろ、冷え性気味かなっていう、

正社員（男）　あ、女性的にはきついかなちょっとってのはあれはちょっとね、あるかもしれないですよね、っていうか、男女でそれって感覚違うのって難しい点としてはあるって感じですよね、女性的にはきついかなちょっとってのはあれはちょっとね、あるかも

しれないですよね、

正社員（女）　ええ、ていうか冷え性気味かなっていう人なんだみたいなところが、や、女性的にはっていうか、でもある感じ？

正社員（男）　ええ、

正社員（女）　ってのは？　でも、はい、ええ、一応自覚してるかなみたいなつもりではいる？　わかんないですけど、

正社員（男）　女の人そうですよねすごいかわいそうですよね、

第3部　お別れの挨拶

正社員（男）　それでは、みなさん、よろしいでしょうか。（全員、集まる）それでは、エリカさん、こちらのほうに、お願いします。

エリカさん、登場。

正社員（男）　それでは、本日でですね、エリカさんが、うちのここを、本日限りで、卒業ということで、今日までエリカさん、約二年間ですね、うちでたいへんに、まあ、やってもらっていたんですけれども、残念ながらですね、今日で、ほんとうに、一応、ごくろうさまでしたということで、一応ですね、最後に一言、エリカさんからお願いしたいと思うんですけれども、ではエリカさん、簡単にですね、一応、一言お願いします。

エリカさん　……あの、今日まで、約二年とさきほど、ありましたけれども、細かいこと言うと、二年弱ですね、二年には少し足りないくらいなんですけど、こちらでお世話になりまして、ほんとうに、そうですね、二年弱というのは、振り返ってみて、やっぱり、長いようで、短いようで、という感じでしたけれども、とにかく二年弱、ほんとうに、やってきたんだなあ、というふうに、今は、思いますね、つくづくですね、この職場、わたしは、ほんとうに、ここは素敵な職場で、ここの人はみんな、とっても、そうですね、ほんとうに、まあ、いい人たちで、一応、そういった人たちに囲まれて、過ごすことができたというのは、とっても、そうですね、幸せなことだったなあ、というふうに思いますけれども、とっても、これは、ありがたいことだったなあ、と思って、こんなに幸せなことは、もしかすると、わたしの人生には、もう、この先は、ないかもしれないなあと思って、わたし、明日から生きていくことになるのかしらなんて、今は思ったり、思わなかったり、していますけれども、それにしても、あれでしたね、今日も、外は晴れて、猛暑で、朝からすごく暑かったですね、蟬も朝からすごく鳴いていて、わたし今朝も、いつものように、この会社に来るのに、目覚ましをかけて、その目覚ましで、目を覚ましたんですけれども、そのときはもう、蟬は割と本格的に、みんみん鳴いていたんですね、六時くらいですけれども、早起きですよね、蟬って、地面に出てきて、一週間で死んじゃいますけれども、朝の明るさが、どのくらいになると、蟬って、あ、鳴こうかなってことになるんでしょうね、蟬って、今時分、地面で、ごろごろ死んでますね、そういう季節なんですね、今は、蟬も、そしてわたしも、今朝もいつもと同じように、仕事の身支度をひとつひとつ、やっていって、一通り、済ませていったんですね、まあ、お化粧もしますしね、今日は、お化粧は、変に気合い入れたりしないように普通に普通に、というのをテーマにして、やりましたけれども、だから、普通だと思いますけれども、はい、それで、あ、そろそろいかないとな、という時間になったので、出かけることにしたんですね、それで玄関に行って、靴は一応、磨いたりしちゃったんですけど、それで、あとは、靴を履いたらもう出れる、という状態になって、玄関で、靴を履いて、出ようとしたんですね、この靴なんですけどね、この靴、黒いですけれども、無難に、ごく普通の、まあ、ヒールですけれども、わたしこの靴、結構長持ちしてるほうなんじゃないですかね、二十三のときに買ったんじゃなかったかと思うんですね、それ、まだ履いてるんでね、結構長持ちしてるほうだと思うんですよね、愛着がね、知らないあいだに、湧いて来ちゃってるんですよね、ほんとごく普通のね、はたから見たら、平凡な、黒のヒールですよね、でもわたし的には、そうじゃないんですよね、たとえば、二匹のペンギンみたいな、おもむきも、こう見ていると、あるわけですよね、わたしはだから、たまにこうやって、鳴いている真似をしたりね、暇なとき、してましたね、走って、氷の上を滑る、みたいな真似ですとかね、二匹でなにやら会話したりね、あ、二匹じゃないか、二羽ですよねペンギンは、鳥ですからね、二羽を会話させたり、こっちが男の子で、こっちが女の子で、ふたりとも、ちょうど今が、年頃なんですね、そんな二羽が、隣り合って、こうしていたんですね、そしてなんだかね、はじめは半分喧嘩、みたいな感じだったんですけどね、「なんだよお前、ついてくんなよ」みたいにね、でもね、それがいつのまにか、仲睦まじい感じになっていってね、そのまま、恋に落ちてしまった、なんてことも、あったんですよね、そしたら、なんと、卵が産まれちゃったんですね、早いなあ、と思って、さっきまで女の子だったのに、もうお母さん、動物はね、成熟が、人間なんかより、早いんですよね、それに較べて人間は、ですよね、お母さんになったその女の子のほう、卵温めてなきゃいけなくなって、そしたらわたしね、実はそのとき仕事中だったんですね、でも、もう動いちゃだめになっちゃったんですよね、あ、今コピーとか頼まれたらどうしよう、事情を説明して、理解してもらえるかしら、もらえるわけないなあって、どきどきしたりしたことも、ありましたね、結局そのときは、何もそういった仕事は、振られることもなく、事なきを得ましたけれど、まあ、そんな靴ですね、そんなこの靴を、玄関で、今朝もわたし、履いて、ドアを開けて、がちゃん、ぎぎー、って出て行こうとしたんですね、アパートの玄関のですね、部屋がわたし、アパートの四階なんですね、それで、一階まではどうやっていつも降りてるかというと、わたしのアパート、エレベーター付いてるんですね、そのちょうどエレベーターが四階に停まっていたら、一階まではそのときはエレベーターで降りるんですね、でもね、そうじゃないときは、階段を使って一階まで行くんですね、なんか、四階にたまたま停まっているときは、わたしのために停まってるんだろうっていう気がするんですよね、わたしを待ってくれていたんだろうなこれはきっと、だから乗らないとかえって悪い気がして、地球環境にごめんなさいってちょっとだけ思いつつも、善意を無にしちゃいけないと思って、それで乗るんですよね、それで、とりあえず今日はじゃあ、今日が最後の出勤か、ということで、一応そういう感慨みたいなのも、多少はあったんですけれども、玄関で、靴を履いて、出ようとしたんですね、で、ドア開けるじゃないですか、そしたらね、なんかすごくたいへんなことがあったんですよね、たいへんなことというのは、なにかというと、開けたところのドアのところのすぐ足下に、いかにも死にかけてるかなっていう感じの、元気のほとんどなくなってる蝉が、いたんですよね、これ以上は、動いたりする余力は、あんまりもう残ってないのかな、という感じの、衰弱しきってるのが、いたんですね、でも、鳴くだけはね、鳴いてたんですね、みーんみーん、けっこう目一杯鳴いてて、それが、最後の、往生際みたいな感じで、蝉って、すぐ近くで鳴いてると、すごく鳴き声が、大きいっていうか、耳の中に響いてきかたが、耳がびりびりってする感じで、聞こえるじゃないですか、びりびりー、そのときもね、すごくびりびりーってしたんですよね、それで、わっ、って思って、玄関を開けてすぐ見えてきたところに、蝉が横になっているのが、いきなり、目に入ってきて、それで、あ、蝉だ、って気がつくわけじゃないですか、でもそのとき、わたしすでに、玄関から出ようとしてたところだったんですね、片足を、もうこんななって上げてて、玄関の外のほうに、第一歩を、踏み出そうとしている体勢だったんですよね、最後の勤務に向かうその日の、第一歩ですよね、この足、それで、上がっているこの足がですね、これから着地することになるであろうと予測される場所がですね、これがどう見ても、その蝉が今、死にかけて、みーんみーん、お腹のほうを上にして横になってる、まさにもう、ばっちりそのあたりだっていうのがあったわけですね、あ、このままだと踏みつぶしちゃう、って思ったわけなんですけど、すごく焦ったんですけど、でも、もう体重を足を地面に下ろす方向に、すでにかけてしまっていたんですね、だから、まあ、どうしようもなかったんですよね、でもわたしね、今にして思えば、実はそのとき、ドア開ける前から、蟬の鳴き声が一つだけ、すごく近いところから聞こえてきてるのは、靴を履いている途中くらいからだった気がするんですけど、うすうす知ってはいたんですよね、ドアを開けたところの、アパートの通路のところに紛れ込んだのかなあ、くらいはぼんやり思ってた気もするんですけど、でも、それほど気に留めても、いなかったんですよね、だからね、いやー、そのときね、もしそれを聞いてね、鋭く勘を働かせられていたらなあって思っちゃうんですね、ドア開けたすぐのところに蟬がいるかもしれないぞ、だからもしそこにいても、踏まないようにするぞ、って警戒したり、できたかもしれないなあ、とか思っちゃったんですよね、そうしたらね、踏んだときにくにゃっていう、感触とか、あるじゃないですか、そういうことにならないでも済んだんじゃないかなあ、とかアタマをよぎったんですけど、でも、今さらもう遅いじゃないですか、蟬のお腹が、こう、丸みをね、ふっくらとしてるじゃないですか、そこを踏んじゃうのってちょっと、うわあってなりませんか？　ゴキブリとかだとお腹が比較的ぺたんっていう平板な感じっていうイメージありますよね、だからまあ踏みつぶしても別に、って感じになれますけど、蟬のお腹の膨らんでるところをね、くにゃ、っとこうこのヒールの部分をそこに食い込ませて、そこを破裂、もしくは炸裂させちゃうってことになりますよね、すごくね、参りましたね、今日は朝一番から、そんな日だったんですね、あー、今日は朝からなんか、参ったなあ、幸先悪いなあって思って、エレベーター乗ろうかなって思って、一階に行くから「1」って押して、「閉める」って押して、エレベーターの扉がしまるじゃないですか、ゆっくり、うぃーん、ってしまりかけたんですね、で、そのときにですね、わたしね、突然ハッ、って気づいて、それでエレベーター「開ける」押して、エレベーター降りたんですね、というのは、さっきの蟬の死体、玄関の前のところに転がったままにしておいたんですけどね、でも今日わたし、ここで一応最後ってことでね、それ終わって帰ってくるときに、どんな精神状態かわかんないじゃないですか、たぶんそんなに凹んだりはしない気はするんですよ、それほどのもんでもないと思ってるんでね、でも実際のところどうなるかは、なってみないとわからないじゃないですか、別にこの職場終わって、次どうなるかとりあえず決まってませーん、って状態でも特に平気ですけど、って思ってるのだって、最悪、自分で自分に強がってるだけだっていう可能性もあるわけですよね、それで、もし今日の夜のわたしが帰宅してきたときすごくどよーんとしてたら、そんな状態でこの蟬の死んだの見たら、これきついかもな、と思ったんですよね、だから、片付けてから行こう、って思ったんですね、未来の自分のために、片付けておこうって、そして戻ったんですよ、そしたらね、うちの周りも野良猫って、やっぱりいるんですけどね、そのうちの一匹がわたしんちのドアの前にいて、めざといですよね、さっそくその蟬をね、食べてたんですよね、まあ、これはこれでわたしとしては助かったな、というか、そんなわけで、まあ、解決、ということで、終わりよければすべてよし、と言いますけれども、この職場に今朝、最後の出勤をしたんです、はい、それで、最後になりますけれども、ほんとうは全員に、一人ずつ、ありがとうございましたって、感謝の気持ちを込めて、挨拶をしてまわらなければいけないくらいなんだ、ということでしょうけれども、その労力のこともありますので、一人だけにさせてもらいますけれども、それが誰かと言いますと、わたし、お昼休みはいつも、お弁当持参派でしたけれども、わたしと同じでお昼はお弁当持参派の小松さんとは、空になったお弁当箱を洗うときに、給湯室でよく一緒になって、スポンジに付ける洗剤が切れたときに、あ、じゃあ総務の石橋さんにわたしが言いに行ってきますよって言って、でも、少しだけだったら洗剤はスポンジに付いてるわけじゃないですか、その分でとりあえずわたしの分のお弁当箱だけだったら、洗えるからって言って、そのスポンジで洗っていい権利を、わたしに順番、先に譲ってくれて、総務の石橋さんに新しい洗剤持ってきてもらったりしたこととかは、小松さんってすごくいい人だなあと思って、忘れられなくて、その小松さんにも、ほんとうにありがとうございましたと思いますけれども、ここではですね、それ以上にですね、そのときに快く、洗剤使っていいですよって、派遣の分際のわたしたちに対しても、分け隔てなく、気持ちよく許可を出してくれた、総務の石橋さん、ここにはいないですけどね、でも、洗剤使わせてくれて、椰子の実の、無添加のでした。ほんとうに、ありがとうございました、……あ、終わりです、ありがとうございました、今まで、はい。

拍手。

派遣社員3　これ、わたしたちから。
エリカさん　えー、小松さん、ありがとう。
派遣社員3　入浴剤です、いろんな種類のが、入ってるので、エリカさん、これからも、がんばってください、わたしたちも、遅かれ早かれ、後を追うので、同じですので。

エリカさん　わー、ありがとうございます。

拍手。

フリータイム

1

フリータイムが／を、今から、はじまります／はじめます。

女が、テーブルの上にノートを広げ、なにかをかき始める。

ファミレスの店員で、まあもちろんバイトで、さいとうさんっていう女の子がいて、そのファミレスのほとんど平日は朝のシフトに割と毎日入ってる人なんですけど、その人の話から、します、ニシのフジと書いてさいとうなんですけど、でもまあネームプレートには「さいとう」っていうのは平仮名で書いてあるので、普通の人には、普通の人というかお店に来ただけのお客には、そんなの別に分かんないんですけど、

さいとうさんは、朝の時間ってファミレスってたいてい静かな、空《あ》いてて朝ご飯食べにくる人がちょこちょこいる程度で基本ヒマなんですけど、だからよくぼおっとしてて、よく考え事してるんですけど、仕事中なので携帯とかも見

たりできないし、この前も全然どうでもいいことというか取るに足らないというか、バカみたいな、なんですけど、雲とか店の窓から見えるの見てて、夏って、今夏なんですけど、入道雲とかって、積乱雲ですけど、爆発とかしたような形をしてるじゃないですか、ていう言い方がバカっぽいんですけど、でもあれって正直な話、さいとうさんいいかげん二十五とかになりますけど結構それでも見てると普通に盛り上がるよなあと思って、これって結構それなりに「おおっ」ていうイベントみたいな感じになっていいんじゃないかとかって、しげしげ見てるとたまに思って、花火で盛り上がるんだったらあれだって言わば花火みたいなもんじゃん？　みたいな、でも特に普通に風景の中に事件みたいなのでもなく溶け込んでるってのがあって、かえってそれはなぜ？　というのが逆に不思議みたいな、そのことが逆に事件なのでは？　って、まあどうでもいいことですけどでも考えたりしたんですけど、そう、あと別の日にやっぱり考えたことでそれはもっと現実的というかスケールとか全然ちっちゃい話なんですけど、それが何かというと――という話から、フリータイムが／を、今からはじまります／はじめます、という感じなんですけど、そう、この前、そのときも普通にバイトしてたんですけど、ちょっとそういうことをファミレスでするのって常識っていうか／が微妙にあり得ないって思うんですけど、まあ、ああいうのは一種のナンパって言っていいと思うんですけど、されて、ちょっとあまりに意外でさいとうさんびっくりしちゃったんですけど……

　ていうかファミレスって普通に考えて場所的に、店員に対して／をそういう目で見たりするのって、アリな場所かナシな場所かと言えば、ナシなほうだと思うんですけど、なんか独立系っていうかカフェ系っていうかたとえばそういう場所の、そういうところだったらまだしもあれだと思うんですけど、たまに土日とかにシフトに入ると土日だからってお昼からビール飲んでるよみたいなおじさんのグループ数人みたいのがおねえちゃんおねえちゃんみたいな声かけてくるのがいるんですけどキャバクラかよみたいな、でもそういうおじさんたちは世代的にここはファミレスだからとかいうデリカシーみたいの分からないのかもしれないのはしょうがないって部分あると思うんですけど、でも普通にそのときの人たちは男の人二人組だったたんですけど私と同じかそれよりちょっと上くらいのだったたんで「え、だったらお前らそういうファミレスがどういう場所かの暗黙みたいな普通に分かってろよ」って思う感じの／で、たまに朝のファミレスってそれまで深夜ずっとそのへんの駅前の和民とかで五時くらいまで飲んでて朝になって流れてく他に選択肢ファミレスしかないからファミレスに来てるみたいな手合いっていると思うんですけど、「手合い」っていうか、そういう感じの二人だったんですけど、店内のこう四人がけくらいで窓際で／の席の作られ方の席があると思うんですけどその一つに対角線的に座ってて……

そのときは、その人たちの席の隣に隣接してやっぱり四人がけになってるところで女の人が一人で座ってたんですけどその人のオーダーとかとってたんですけど、その女の人はすごく常連というかほとんど毎日この時間来てて、みたいな人で、三十分くらいいて帰ってくというか、仕事とか行く前にここに寄ってるんだろうと思うんですけど、いっつもドリンクどれでも一杯一六〇円というやつがあってそれを注文してコーヒー一杯だけ飲んでく人なんですけど、それしかいつも注文しないなあっていう、で、その人のオーダー、一応聞かなくても分かるんだけど、でも聞くんですけど「ご注文お決まりですか？」って、それでやっぱりそのときもドリンクどれでも一杯一六〇円で、それでオーダー取って戻るときに、女の人のいるのが十七番でその隣の十六番の前通って戻ろうとしたら、十六番がその男二人組だったんですけど、「すいません」とか言って声かけられて、あ、オーダーかなとか最初思って、でもテーブル見たらすでにあって、でも追加かなと思って「はい」って言ったら、やっぱりただ話しかけてきただけで「さいとうさんって言うんですか?」とか言われて「はい」って言って、そしたら「さいとうさんは漢字はどう書くんですか?」みたいに聞かれて「一番簡単な一般的な「斉」あるじゃないですか?　あの斉藤ですか?っていうか「さいとう」って漢字っていろんな字あるじゃないですか?」とか言われて、「私のさいとうはニシのフジで西藤なんですよ」ってなんで普通に答えてるんだろう私って感じなんですけど、

2

ノートになにかをかきつけている女について。

この人は日記を書いていて、何を書いているかというと、食事をきのう会って一緒に食べた人がいて、もう何度目かで一緒に食べたりするのはその人と、それで「帰り別々になってから／なったあと、実は終電が調べたらなんか時間がほとんど終電までもうなくて、それで焦って私あんなに久しぶりに走ったというくらい相当ダッシュで、そしたら最後の終電の一つ前のが私が着いたときにちょうど行ったばっかのとこで、だから次の最終には、あー間に合った奇跡的に良かったーと思って、それで思わず間に合ったよとか言って興奮してメールしちゃったんだけど、そうそれでベンチに待ってる間座って待ってようと思って空いてたら、そしたら、しかしなんと空いていず、というかそこ占拠してた人が寝てて、たぶん酔っぱらい――明らかに一目で分かるおじさん／男の人が――横になって席全部一人で、夕刊のちっちゃいサイズが／の新聞がお腹の上にかかってて毛布みたいに、お腹冷えないようにっていうよりかただ単に新聞が乗っかって偶然そのまま寝ちゃったんだと思うんだけど、靴はなぜか脱いでて、大丈夫かなと思ったんだけど起こしたりは別にしなかったんだけど、そう、ていうちょっと、ことがあって、てなんか別にそれだけなんだけど」ってていうことをその人に言おうかなとかって、この人は今思ってる／かもしれないんですけど、

ここまでのものとはわずかに異なるヴァージョン。

そうこれは日記を書いてるんですけど、食事をきのうも会って一緒に食べた人がいて、それで食事終わって別れたあとで駅で、自分的にちょっとかなり不思議な出来事が／出来事と、遭遇し、それで一夜明けて今朝／今日になってその出来事についていてこれは今書いていて、というかその出来事／ことが、その人に、話したいなあって思ってるってことについての、書いていて、「帰り別々にあのあとなってから／なったあと、実は終電が調べたらなんか時間がほとんど終電までもうなくて、そう、それで焦って私あんなに久しぶりに走ったというくらい相当ダッシュで、息とかすごい切れて、そしたら最後の終電の一つ前のが私が着いたときにちょうど行ったばっかのとこで、だから次の最終には、

あー間に合った奇跡的に、良かったーと思って、そうそれでベンチに待ってる間座って待ってようと思って空いてたら、しかしなんと空いていず、というかそこ占拠してた人が寝ててたぶん酔っぱらい――明らかに一目で分かるおじさん／男の人が――横になって席全部一人で、夕刊のちっちゃいサイズが／の新聞がお腹の上にかかってて毛布みたいに、そうそれでそのおじさん／男の人が、なんか、私の父方のほうの死んじゃってるおじいちゃんと、だいぶ前にもう死んじゃったのは私が小学校低学年二年生とか三年生とかに死んじゃってるんだけどそのおじいちゃんにすごい似てて、あ、おじいちゃんだって本気で一瞬思って……、そう、ていうちょっとことがあって、てなんか別にそれだけなんだけど」っていうことをその人に言おうかなとかって思ってて、思っているまだ今はだけで、話したいなあというのを、話す代わりにこうすることでその代わりにしていて、

（この人が行ってる／行かなきゃ毎日いけない義務な職場は八時朝の四十分が始業時間だから／なので、二十分だけその分早くいつも起きないといけな

い――他の普通の九時五時の人より――なんですけど、それがいつもつらいんですけど、もちろん定時がその分終わるのも早いんですけど、でもだからと言って気分的に別に一日の始まるときの「あーもうすぐ仕事行かないと／家出ないといけない時間だ」みたいな、朝起きたときいつもそういう毎日毎日思ってて、それでも自分で結構地味にこれは偉いと思うんですけど起きて行ってるんですけど、当たり前だそれはという話ですけど、でも早くその分終わるという事実って別に、早く起きないといけない他の人よりというのの、あー、というのを軽減別にこうプラマイゼロとかにしてくれたりしないから……毎日行ってる職場に／の前に、最近はできるだけ駅の近くにあるファミレスがあってそこに入ることに／入るのが、日課にしていて、できるだけほぼ毎日職場に行かなきゃいけない最低、時間の三十分くらい前に到着を駅にするようにして自分の自由なそこでせめて三十分だけでも作ろうと思ってて最近、でもたまにどうしてもその三十分ぶんのための早起きが起きられなくてたまに駅から職場に直行してしまうときが、そのときはすごく自己嫌悪がくるんですけど）

女　帰り別々にあのあとなってから／なったあと、実は終電が調べたらなんか時間がほとんど終電までもうなくて、そうそれで焦って私あんなに久しぶりに走ったというくらい相当ダッシュで、そしたら最後の終電の一つ前のが私が着いたときにちょうど行ったばっかのとこで、だから次の最終には、あー間に合った奇跡的に良かったーと思って、そうそれでベンチに待ってる間座って待ってようと思って空いてたら、しかしなんと空いていず、というかそこ占拠してた人が寝てたぶん酔っぱらい——明らかに一目で分かるおじさん／男の人——が横になって席全部一人で、そうそれでそのおじさん／男の人が、なんか、私の父方のほうの死んじゃってるおじいちゃんと、だいぶ前にもう死んじゃったのは私が小学校低学年二年生とか三年生とかに死んじゃってるんだけどそのおじいちゃんにすごい似てて、あ、おじいちゃんだって本気で一瞬思って、

男　（あ、でも「ぎりぎり間に合ったセーフ」みたいなメール俺にきのうくれてたよね。）

女　あれは、うん思わずついひとりで感動して興奮を分ち合いたいみたいな、思って、出しちゃったんだけど……、そう、で、そのときの記憶である話が、

ていう話しててていいもうちょっと？　危篤っていう単語を確か耳に聞いた生まれて初めてがそのときだった記憶が鮮明な／鮮明にけっこうあって、でもいろいろ誤解して理解をしてたのかも子供の／当時の私がと思うのが、危篤って単語の意味を／の理解を、もう死んじゃったって意味に理解してたような私記憶があって、そういう理解を子供がしてしまうふうな言い方を母か誰かがしてたようなやりとりを、電話で母が話しているのが／を聞いた、残ってて、私はそういうのも日本語の和らげる礼儀かなにか心遣いの言い方なのかな？　とか子供ながらに／なりに、思ってたりしたという記憶があって、だっていきなり電話でおじいちゃん死んじゃったって電話でかかってくるのもあまりに言葉として直接すぎるとあれだから、露骨に死んじゃったとはのっけからは言わないのかな？　とか思ってた気がする記憶がけっこう鮮明にあって——まだ電話が指で入れて回すダイヤルの電話で黒い——そう、母もそういうルール全部分かってて、危篤って言葉で、あ、死んじゃったんだって分かっちゃってるみたいな、察するみたいな、そういう大人の私のまだ知らないそういうのがあるのかな？　みたいなことを考えてたような記憶があって、そう、

店員　ご注文お決まりですか？

女　あ、はい、お願いします、コーヒーが、何杯も飲めたりしなくても、一杯だけでいいんですけど

店員　ドリンクどれでも一杯一六〇円をお一つでよろしいでしょうか？

女　おかわりって途中でもし仮にしたくなったら、そのときに言っても何杯でも飲めるほうに変更って確か以前はできたと思うんですけど、

店員　それは今も普通にそういう変更は可能ですけど、

女　前にあれなんです一度したことがあって、

店員　はい、ホットでよろしいですか？

女　あ、はい、

3

これから言うことはさいとうさんが全部勝手に思ってることなんですけど、この人が一度いつかやってみようと今思ってるのが、その三十分を、気分が「こうやってる時間をこのまま今日はもう少し続けてみよう」って思ったときとかは、延長して一時間とか一時間半とか満喫してから職場に行くとか、それほんとうに実行する度胸とかはまだないんですけどそういうこといつかやってみようと思ってて、たとえば「寝坊しました」みたいなときでもちゃんと三十分はファミレスですごしてから職場にいきますけどなにか？　くらい優先順位を絶対に確保をもっとすることとか考えたりすることがあって……

職場の人がこの人が時間になってもまだ来ないのでなんか微妙に焦ってて、てところをこの人は今想像してて、その職場の人が「誰も古賀さんの携帯知らないの？」とか言ってて、「え？　どうなってんの？　古賀さんの担当の派遣元のコーディネーターの人の名前なんだっけ彼女からも連絡来てないんだけど

4

どうなってるんだよ、だって二十分も連絡なしで来てないって状況的にあり得ないだろ」とか言っててでもそうしたら古賀さんがすごく普通の態度で入ってきて「あ、私今日寝坊してそれでその分今日は遅刻して二十分くらいもう過ぎてますよね、遅刻して今来ました、でも本当は二十分どころじゃなくてもっと寝坊してたんですね相当それを挽回したんですよ、て偉そうに言うなって話ですけど、私だいたい通勤が五十分電車に乗ってる時間が平均してあるんですけど八時ジャストの少し前くらいには駅には通常着いてるんですね通常そうしててだから六時には目覚ましかけてるんですね、それで起きて一時間くらいで準備して家出られるようにして七時に出て、七時十一分の電車に乗れるように家出ててそうすると八時くらいには駅に着くんですけどそれからファミレスが駅前にありますよねあそこに行くんですけど、そして三十分くらいそこで自分の時間って大切なので過ごすっていう日課なんですすそれはどうしても、それで今日はいつもは六時に起きなきゃいけないのが一時間遅くなって七時だったんです、その時点でだから一時間の遅刻なわけです、でも準備をいつもより急いでやって七時三十一分の電車に乗ったんですねつまり二十分遅れにまで遅れを取り戻したんです、すごくがんばったなあと思って、それであとはそのまま時間差がスライドする感じで八時二十分くらいには駅に着き、それで、三十分今までファミレスにいたんですけどそれで今来たんですけど」って言って職場の人唖然みたいな、そういうこと一度やってみたいとかって今思ってて、そういう気分に従うのが致命傷なのは、直接致命傷というより致命傷への道だというのは分かってるけど、でも一度くらいそういうやってみて／みたっていいと思って私だってててって思ってて、てでもこれもただの憶測でさいとうさんのテキトーな、でしかないんですけど、

女　（そんなに別にそこまで大騒ぎにとかたぶん実際はならないと思うというか、遅刻してもまだ来てないって誰にも気付かれてないみたいなことになるのだってあり得て、って思って、気付かれないというか、来てないってことは微妙にみんな分かっていつつも来てない理由は中の誰かがたぶん知ってるんだろうなってくらいにしかみんな気に留めてないみたいな……）

女　あ、私今日寝坊してそれでその分今日は遅刻して二十分くらいもう過ぎて

ますよね、遅刻して今来ました、でも別に私が職場に突然来なかったりというか行かなかったりしても仕事に支障とかそういうパニックにはならないようにもともとできている、かけがえがちゃんとあるように／はずで、ていう信頼感っていうとヘンですけど／は、あって、私密かに思うんですけど、でもこれ言うのちょっと言っていいのかなって感じではあるんですけど、そんなにみんながみんな時間を守ったり仕事にちゃんとこないといけなかったり、そんなに今私たちみんながしているほどガチガチにやらなくたっていいんじゃないかって、そんなんじゃなくていい人っていうかそういうことする必要ない人っていうか、あ、あなたはそういうのはいいですみたいな人って、実はいっぱいいるって、別にこの人はもっと全然そういうのはほんとうはテキトーでいいはずなんだけどね、ていう人って結構いるってみんな実は思ってるんじゃないかって、もちろん私とかもその中に含まれる一人だと思うんですけど、だってその証拠じゃないけど／になる例を言ったら、今だって別に急ぎの電話とかないですよね？

職場の人　特に、そうですね、ない……

女　はい、

職場の人　きのうお願いしたコピーってあったじゃないですか、
女　はい、あれきのう机の上に最後にやって置いておいたと思うんですけど、
職場の人　あれが差し替えが書類あのあと夜十時くらいにあったんですよ、
女　はい、
職場の人　もう一度なのでコピーお願いしていいですか？
女　急いでないんですよね別に、
職場の人　そうですね、
女　最近コピーの機械あんまり壊れないですよね、
職場の人　壊れないですね、
女　すごい頻繁に昔壊れてサポートの人に電話して何回も来てもらったりした時期ってあったなあって思って、
職場の人　それすごい忙しかったときですよね、
女　はい……
女　（職場の、私机の上にもしかしたらきのうティッシュ、キーボードの隙間の埃とか爪の先に被せて取ったり三十分くらいしてたときのをゴミ箱に捨てた

記憶がそういえばないから、机の上にくしゃくしゃのティッシュが置いたままにまだしているかも／なってるかも）

5

ノートになにかをかきつけている女の心中（の憶測？）

書くというのは／の行為は、何を書こうとするかの、書こうとするものを探すことなんですけど、というか探すことでもあるんですけど……

行ったことがそこにあるのは記憶が定かでは、今はもうあんまり思い出せないんだけど、海沿いの八月の午後の、コンクリートで今みたいに夏の、整備を、遊歩道というかされたところを歩いてて、あつい、照り返す、情景をなんか思い出していて／いたのが、太陽を、歩く方向はこう背にした向きで、地面にコンクリートの影が、だから前に自分の進行方向の、落ちている、そんなにでもまだ長い影というより真下に落ちてるようなだけの感じで影は／が映っていて、ずっと見てそれを歩いてて、頭が帽子をそのとき被っていなかったのもあってぼおっとしていって少しずつ、影がすごく黒いのが見ていると濃いなあというのを、濃すぎて影の黒の中に緑色かな？　とかが混じっているように見える気がするって思って……

てこれは今食事をきのう会って一緒に食べた人がいて、一夜明けてその人にそのとき話したのはこういうことを話したというのの記録を、忘れないようにに記録していて……

遊歩道の海側の柵のところから竿を海に投げて／下ろして釣りしてる人とかいて、でも昼間の暑いそんな炎天下にしかも満潮は魚は海の下にもぐっているから、釣れるわけないと思うんだけど、て思ってて、

実家のそばの、海沿いの八月の午後の、コンクリートで今みたいに夏の、整備を、遊歩道というかされたところを歩いてて、実家は選挙区が自民党の超強いところで、地元にお金をそういう工事して落とすみたいなことのその遊歩道も一環だって父親が言ってたのをなんか憶えてて、太陽を、歩く方向はこう背

にした向きで、地面にコンクリートの影がだから前に自分の進行方向の、落ちている、そんなにでもまだ長い影というより真下に落ちてるようなだけの感じで影は／が映っていて、ずっと見てそれを歩いてて、頭が帽子をそのとき被っていなかったのもあってぼおっとしていって少しずつ、影がすごく黒いのが見ていると濃いなあというのを、濃すぎて影の黒の中に、この影の黒みたいなことを考え出してる自分が、あ、なんかヘンになってるだんだん、ていうのは／だけはなんとなく分かって……

遊歩道の海側の柵のところから竿を海に投げて／下ろして釣りしてる人とかいて、でも昼間の暑いそんな炎天下にしかも満潮は魚は海の下にもぐっているから、釣れるわけないんだけど、わざわざ釣れないのになぜ釣りしてるのか、訊いたことがあって、てそれは父がおじさんにそうやって訊いたんだったと思う、そのとき訊いた人／おじさんは家にいてもやることがないからとか言ってて……

男　遊歩道とかじゃなくて、普通に直接道路と海がコンクリートの堤防で、ていうところにあるあれなんていうんだっけ？　波を消す、忍者みたいなやつ、

女　あ、テトラポッド?

男　あ、そうテトラポッド、「テトラポッドのぼって」のテトラポッド、

……とかいって、最初はちゃんと言葉で日記を書いてた数日間が／は、あったんですけど、あるとき気づいて、日記を文章に言葉で書いてあとで読んで思い出す記録みたいな目的で書いてるわけじゃないのでってことに、言葉をノートに書くのは／書くのが、という行為がその補助になるからと思って書いてただけで、補助に逆に言えばなるなら、別に言葉でなくてもかくのが／かくのはよくて、というわけで私の日記はあるときから言葉は書かない日記を書くようになり今に至るみたいな感じなんですけど、

6

ノートになにかをかきつけている女の隣のテーブルにいる男二組、アズマとスズキ。

この人は、身の回りに起きている今彼女の状況は、実は父親が今ちょうど入院していて、何の病名が／かというと、まあ、癌で、それでこの前手術したばかりででもまあ手術を終え、という状態で、まだでも退院はしてなくてたまにだから今は病院に顔を出しにときどきお父さんに会いに行ったり仕事が終わったあととか土日とか、少なくとも土日のどっちか一日は行くようにしていて、という近況はそんな感じで、ていう今のは全部テキトーに想像で言ったんですけど……

このファミレスは二階にあるファミレスなんですけど、一階は二階の床が高めの天井になってて車の駐車場になってるようなタイプのファミレスなんですけど、そのときファミレスのこう四人がけくらいで窓際で／の席の作られ方の席の一つにスズキくんとアズマくんっていう二人がいたんですけどこう対角線的に座ってて、こっち側が窓でガラスで外の道路とかこう覗き込むと下の歩道とか見えるっていう状況なんですけど、それで反対側のこっちが通路で通路使ってこっち方向行くとトイレがあってっていう状況で、それでトイレ行こうとした場合に通路を歩く方向のこっち側の隣に／隣も隣接しておんなじようにこうやっていくつも並んでるんですけど、そのときこっち側の隣のその席にいたのがこの女の人だったんですけど、僕ら普通に外の景色ってほどのものじゃないですけど漠然と、別に男二人でいてもそんなにつもる話とか別にないし、見てたんですけど、そしたらなんか気になる人物発見というか、すぐ下の歩道がバス停になってるんですけど、そこに待ってる人の一人にガードレールにこう体重かけて立ってて煙草吸ってる女子がいて、僕最近禁煙してるんですけど、あ、ちょっといいなあとかだから一瞬思ったりして、でその人が頭が髪型がアフロだったんですけど、そんなでも頭の大きさがすごい二倍三倍みたいな膨張系のアフロってたまにいると思うんですけどそういうのじゃない抑制のちゃんとわきまえたアフロですけど、アフロって／に関してちょうど最近ひそかに考えてることがあって、その下にいる女子もアフロ似合ってるなあと思ったんですけど、それもあってそのアフロ女子が目に留まったっていうのはあると思うんですけど、アフロってアフロトライしてみようかなって踏み込んでくハードル高いと思うんですけどリスク高いと思うんですけど、アフロの人ってみんなそこどうやって思い切りってどのくらい振り絞るのかなあ、っていう実際のところすごく知りたいってのがあって、あとそれと関連して最近ちょうど思ったことがあるのが、てこれ一つの仮説としてっていうことなんですけど実はアフロって似合う似合わないのハードル逆に低いんじゃないか疑惑っていうのが浮上していて、案外誰でもやってみるとばっちりハマるようなところがアフロって結構そういう懐が実は深いんじゃないか説ってのを今ひそかにアズマくんは唱えてて、どのくらい他の人からももらえるのかシンパシーを／の検証を一度しておきたいっていう気持ちはあって、

アズマ　アフロって結構そういう懐が実は深いんじゃないか説ってのを今ひそかに唱えてて、ていうかこの前考えてみると俺これまで生きてきて自分の人生で出会った人の中でアフロの人見て／に対して、え、ちょっと似合ってなくないか？　て人と遭遇したことが実はないっていう結構衝撃の意外な盲点に気付いて、あともう一つ、説、アフロに悪人いない説っていうのも唱えてもいいかなって思いはじめてて、え、だって今までアフロで悪いやつって人に会ったことある？　ていうか新聞の一度でも犯罪欄の写真で容疑者がアフロだったこと

ないと思うんだけど膨張系だったら尚更、

スズキ　や、あると思うけど、

アズマ　や、ていうかそれ今思い浮かべてるのたぶんパンチかもしれないなって思うんだけど、

スズキ　や、これはアフロだと思う……、や、パンチだった、

　でもスズキくんこのとき、ちょっとここ数日徹夜とかしてた関係で胃腸の調子が従来のルーチン僕の場合特に腸が軌道外れてくる傾向があるんですけど、それで微妙にこのときに便意が実は相当佳境でそれもあって心ここにあらずっていうのがあって、

スズキ　ごめんちょっと、全然関係ない話していい？

アズマ　いいよ、

スズキ　話っていうか、トイレちょっと行ってきていい？

て言ってスズキくんはトイレに、歩き方はこんな（スタスタと括約筋を動かさないように素早く歩くときの）感じだったんですが駆け込む感じで行って、

そのときファミレスのこう四人がけくらいで窓際で／の席の作られ方の席の一つにスズキくんはアズマくんと二人でいたんですけど対角線的にこう座ってて、そうすると方向的にこっち側が窓でガラスで外の道路とかこう覗き込むと下の歩道とか見えるっていう状況なんですけど、それで反対側のこっちが通路で通路使ってこっち方向行くとトイレがあってっていう状況で、それでトイレ行こうとした場合に通路を歩く方向のこっち側の隣に／隣も隣接しておんなじようにこうやっていくつも並んでるんですけど、そのときこっち側の隣のその席にいたのが、一人でそこにいた女の人がいて、トイレ行くときに隣のテーブルの人の席のところチラ見したんですけど、その人ノートになんかかいてるなあというのは席いるときからずっと分かってたんですけど、でもかいてるのが見てみたらなんか字とかじゃないなんかぐるぐるしたというか絵というかラクガキで／がかいてあって、当然、で、不審だこれと思って、だから憶測もいろいろしてしまうのも、しょうがないんじゃないかと思うんですけど、

こうして生きているのって、私はたぶんこうして生きているのって、これって私の生きている／生きる時間を、誰かに奪われるためとかに生まれてきた／生まれてきてるってことなんだろうなあって、「なあって」っていうか、思ったりする、それがほんとうの理由できっと生きて／きさせられてるんだろうなあって思ったりすることの頻度がわりとあって、とかって思うことがあって、でもたぶん私がそう言ったら「そんなことはないと思うけど」っていう、返ってくると思う、優しい人だと普通に思うので……

私がいつも三十分こうやってしているのって、もしこうやってしてる時間をこのまま今日はもう少し続けてみようって普通に思って、そのままそうすることにして、ていうちょっと普通の私だったらそれってどうなの？　て考えちゃうことを奇跡的に反省とかしないで、やっちゃうことが／をすることが私にもたとえば一度だけやってくるとして、ていう想像を、ほとんどありえない夢想

7

をすることがあって、それって、そう、でももしかしたら、ありえない夢想って思ってたけど案外すごくあっさりやってくるのかもその気になればしれなくて、たぶん結構そういうことって思ったより全然許されてるんじゃないかっていう気が実はちょっとしてきてて、

女が去る。舞台上はさいとうさんだけになる。その時間がしばらく続く。女が戻ってくる。

店員　ご注文お決まりですか？

女　あ、はい、お願いします、コーヒーが、何杯も飲めたりしなくても、一杯だけでいいんですけど、

店員　ドリンクどれでも一杯一六〇円をお一つでよろしいでしょうか？

女　おかわりって途中でもし仮にしたくなったら、そのときに言っても何杯で

8

も飲めるほうに変更って確か以前はできたと思うんですけど、

店員　それは今も普通にそういう変更は可能ですけど、

女　前にあれなんです一度したことがあって、

店員　はい、ホットでよろしいですか？

女　あ、はい、

店員　（その三十分を、気分が「こうやってる時間をこのまま今日はもう少し続けてみよう」って思ったときとかは、延長して一時間とか一時間半とか満喫しちゃってもたぶん大丈夫で、職場に行って「あ、私今日、ファミレスが駅前にありますよねいつも三十分くらいあそこで自分の時間って大切なので過ごすっていう日課はどうしても不可欠なんでやるんですけど、それを今日はもう少し続けてみようって思って、それで続けて来てそのぶん遅刻して今来ました」って言ったら「あ、そのくらいのことはいいと思うよ、ていうかそういうのって正直、ここだけの話大切だからそういうこととしてたほうが絶対いいと思うよ三十分でじゅうぶんって思うのとかって違うと思うよ」とかって普通に許されちゃう場合ってありそう）

女　（はい）

店員　（そういう実は結構許されてるっぽいって発覚したら、逆にそのほうが相当終わってるかもって気がしてきそう）

女　（はい）

女について。

ほんとうはこの人は日記というか／をぐるぐるかいて過ごす時間は／の場所は、ファミレスだったりそういうお店とかでは／にはできるだけ行かないで、ていう方向で行きたいというのがあるんですけど、でもちょっとやってみたら実際数日、分かったんですけど自分の部屋だと逆にフリータイムといってもまただぼんやりダラけちゃう感じになっちゃって、やっぱりお店みたいなほうがいいなってことになって、でもせめてどうせならいいお店というかのほうがいい

9

なと思うんですけど、いいお店というのはたとえばコーヒーがちゃんと美味しくて／入れてて、あと静かで雰囲気のいい感じの、ファミレスみたいなのではなくて、がいいっていうことなんですけど、まあファミレスみたいなところじゃないいい感じのお店他に見つけるってもやっぱりなかなか難しくて、朝早くからやってるところって限定が入るとさらに、結局ファミレスとかスタバとかドトールみたいなところくらいしか選択肢がないというのが日本人としては現実なので、それでまあそういったいろんな妥協や都合でこの結局ファミレスに毎日来ているのではこの人はないかと思われるんですけど、思われるってのは誰にそう思われてるのかというと、そのファミレスの店員の人／バイトの名前はさいとうさんって言って、名札がネームプレートに「さいとう」って平仮名で書いてあるのでそれは一目瞭然なんですけど、ほとんど平日は毎日朝のシフト入ってるその人がそう思ってるんですけど……

「自分でバイトしててなんなんですけど、ファミレスってやっぱり微妙だなっていうのがあって」ってさいとうさんは思ってて、微妙だなっていうのは何がかというのは、やっぱり店の人の応対／対応があいうとこってマニュアルで全部決まってるのって、決まってるのじたいは別にいいんですけどそこがムカつくみたいなベタなことではもちろんないですけど、ただそういう言葉を聞いてるあいだ、の客のどうやって聞いてればいいのか、「ご注文くりかえします」とか言って「これこれがお一つ、これこれがお一つ」とか言ってるあいだ、態度の取り方が、注文がたくさんのときとかそれ延々と聞かされてるあいだどう過ごしてればいいんだよっていうのが微妙にわからないんですけど、て顔してるのとか見るとすごくそういうとき笑っちゃうんですけど、

10

今からさいとうさんが注文をとります。

以下、スズキとアズマによる、嘘の、女と店員のやりとり。

店員（嘘）　ご注文お決まりですか?

女（嘘）　あ、はい、お願いします、コーヒーが、何杯も飲めたりしなくてもよくて、一杯だけでいいんですけど、

店員（嘘）　ホットでよろしいですか？

女（嘘）　はい、一杯だけでいい安い一六〇円のやつにしていいですか？

店員（嘘）　アメリカンでよろしいですか？

女（嘘）　アメリカンってやっぱり、ファミレスレベルの濃度だと、どのくらいですか？　泥水っていうたとえが、よくたとえとして言われるじゃないですか？

店員（嘘）　パーセント的に泥水って薄いんじゃないかってことですか？　飲まれたことありますか？

女（嘘）　ていうか反対にどこか飲めるところありますか？

店員（嘘）　ていうか一口に泥水って言っても、当然ちょっと考えれば濃淡あるじゃないですか、

女（嘘）　当然そうですよね、

店員（嘘）　結構濃い泥水は、濃いですよ、

女（嘘）　アメリカンでいいです、でもこういうこと言うのあれかもなんです

けど、いつもこの時間帯のシフトに結構週三くらいのペースでよく見かけるなあと思って、

店員（嘘） あ、私ですか？　そうですね、

女（嘘） や、でもそんなに客となーなーみたいになっちゃいけないみたいなのは、そのほうが私もいいと思いますけど、こういうところはファミレスだし所詮、

店員（嘘） あ、はいその「所詮」って部分が相当大事だと思ってて、あ、分かってるなあっていうそういったお客さんというかお客様は助かります、

女（嘘） ええ、ええ、

店員（嘘） 分かってないお客様の場合、たまにいるんですけどそういうの一種のナンパって言っていいと思うんですけど、そういうことをファミレスでするのって常識っていうか／が微妙にあり得ないって思うんですけど、

女（嘘） ええ、ええ、

店員（嘘） ていうかファミレスって普通に考えて場所的に、店員に対して／をそういう目で見たりするのってアリな場所かナシな場所かと言えばナシなほうだと思うんですけどって常識だと思うんですけど、

女（嘘）　ええ、ええ、

店員（嘘）　そっち側の隣に男の人二人組いるじゃないですか、

女（嘘）　ええ、ええ、

店員（嘘）　さっき「すいません」とか言って声かけてきたんですよ、あ、オーダーかなとか最初思って、でもテーブル見たらすでにあって、でも追加かなと思って、「はい」って言って、

女（嘘）　ええ、ええ、

店員（嘘）　そしたらやっぱりただ話しかけてきただけで、「さいとうさんって言うんですか？」とか言って、「さいとうさんは漢字はどう書くんですか？　一番簡単な一般的な「斉」あるじゃないですか？　あの斉藤ですか？　ていうか「さいとう」って漢字っていろんな字あるじゃないですか、難しいやつとかあるじゃないですか、書けないですけどいくつもあるんですよね、いろんな「さい」が、多士済々じゃないですか、百花繚乱、のうちのさいとうさんは漢字どう書くんですか？」とか言われて、「ていうか別に漢字聞いてるだけじゃないですか、ダメですかね？　漢字って個人情報ですか？」とか言われて、

女（嘘）　ええ、ええ、

店員（嘘）　ていうか個人情報とかいう問題以前に、そういうことしていいといううかふさわしいファミレスは場所かどうかっていう、常識の問題じゃないですか、

女（嘘）　ええ、ええ、

店員（嘘）　ファミはファミリーのファミだっていう、

女（嘘）　ええ、ええ、レはレモンのレだっていう、

店員（嘘）　ええ、ええ、

11

アズマ　さいとうさんたまに見てみると基本的にいつもなんかぼおっと通路突っ立って窓の外とか見てるように見えるんだけど、

スズキ　さいとうさんもアフロ似合うと思うんだけど、わかんないけど、

スズキ　さっきからあのアフロの女子バス待ってるのかと思いきやバス何台も来てるのずっとスルーしてるよね、

アズマ　クリスマスに、去年の、

スズキ　うん、

アズマ　去年じゃなかったかもしれないけど、イブに、ここじゃないけどファミレス入ったんだけど、

スズキ　一人で？

アズマ　二人でじゃないけど、

スズキ　うん、一人で？

アズマ　うん、でも昼間だったんだけど、

スズキ　夜じゃなくて？

アズマ　ランチタイムだったんだけど、だからおばさんとかだったんだけど店の人が基本的にはだいたいそういう時間帯じゃん昼間は、サンタのかっこを帽子とかかぶっててというかかぶらされてて、なんかすごいやらされてるかわいそう感ただよってて、今日はクリスマスだからウチ的にも盛り上げましょう、とか店長だけ張り切っちゃってみたいな、店出る会計のとき、レジ担当のおっさんが、名札の肩書き見たら店長って書いてあったんだ、トナカイの角つけてた、

スズキ　さっきからあのアフロの女子バス待ってるのかと思いきやバス何台も来てるのずっとスルーしてるよね、
アズマ　そう、だからさいとうさんってどっちかっていうとアフロよりはサンタ寄りかなと思って、サンタは季節的にはずれてるけど、
スズキ　すごいあの子よく見るとガリガリじゃない？　骨の上に肉がなくてそのまま皮みたいだよあれ、アフロって頭大きく見えるから体ちっちゃく見えるよね、頭おっきく見えるっていうか実際大きいのか、膨張、

12

えっと、食事を最近一緒によくする人／男の人がいるっていうのって、嘘です、私の父方のほうの死んじゃってるおじいちゃんと、だいぶ前にもう死んじゃったのは私が小学校低学年二年生とか三年生とかに死んじゃってるんだけど、病気で入院とかではなくて突然庭で、おじいちゃんはちっちゃい農園みたいのを趣味でトマトとか育てたり、獅子唐とかしていいて、そう手入れとかの最

中に真夏のあつい照り返す、雑草を抜いたりとかしてたら突然倒れてそれでそのまま亡くなり／亡くなったって親からは聞いてて、そういう聞いた記憶で作った私の中のその様子の映像みたいのが／を、子供なりのを子供は作るじゃないですか、すごい驚いたことがあったんですけどビデオでずっと後に全然大人になってから「ゴッドファーザー」の映画1から3まで、それまでどれも見たことがなかったんですけどお正月に三本まとめて借りてきて、見て、当然一番最初の1から順に、1のそしたらゴッドファーザーの主役のゴッドファーザーが1の終わりのほうで実は――てこれネタバレしちゃいますけど見てない人ごめんなさい――死ぬ、っていうシーンがあって、それがなんかすごく平和な感じのぽかぽかした陽気みたいな場所で、自宅の庭みたいなところでちっちゃい孫とかと一緒に庭いじりみたいのしててそしたら突然脳卒中みたいな感じで倒れてそのまま死んじゃうんだけど、それ見ておじいちゃんが倒れたときの話子供のとき親から聞いたときに私が自分の中で勝手に描いてた映像みたいのとこれ、ちょっと驚きなんですけど、ほとんどおんなじなんですけど、て思ったの憶えてて、て言ってて、そしたら（彼が）「そうなんだ、ゴッドファーザーって昔の有名な、名前は知ってる見たことはないけど曲は知ってる一般の一応知識として、でも僕が曲知ってるのは頭の中で今鳴ってるのって、パララパララ、ていう族がバイクで鳴らす走りながらのバージョンなんだけど、僕実家千葉なんだけど」って言って、「あ、そうなんだ、そうそれでそのおじさん／男の人が、なんか、私の父方のほうの死んじゃってるおじいちゃんと／に、すごい似てて、あ、おじいちゃんだって本気で一瞬思って」みたいな話の／話をするところまでじゃ、でも、まだないかも、ていう人と、そういう種類の話をするのは、ちょっと、卑怯というか、卑怯というのは我ながら言い過ぎだとは思うけど、おじいちゃんの話したらたぶん／というかたぶんたぶんじゃなくて確実にその流れで、父親の話まで、私持ち込むと思って「あのね、寝てたさっきの人をなんでおじいちゃんにそのとき似てるって見間違えたか／というのが自分になぜ起きたか／の理由ってすごく自分で分かりやすくて、それは私今父親が実はどういう状況かというとうんぬんかんぬん」とかそういう種類の話にまでやっぱり流れるべきじゃ進展はまだそこまでじゃないと思うのもあるし、そういう使い方というかを結果的にでそれがたとえあったとしたってしちゃうのは、使ったら使ったで彼はたぶん、優しい人だと普通に思うので「そうなんだ、そうかそうかなんかこういうときなんて言えばいいのか分からないけど、でも大変だね／大変だねというか早く良くなるといいね一刻も早く」みたいに言うだろうって想像でき、そうやって気を遣わせ、私もそれで「気ィ遣ってくれてありがとうというか気ィ遣わせちゃってごめんなさい」とか言ったりし、そういうしていく中で自然に親密に少しずつ進展みたいなことに結果的になると思う、でもその進展は、たぶん進展する運命なら勝手に進展するだろうと思うし、（ウケて）運命、とか言って……。

13

（今朝は私が入って来たときには隣のテーブルはすでにその二人は、彼らのほうが先だったんですけどいたんですけど、入ったときにどうしてその二人のいるテーブルの隣のテーブルに私が座っちゃったんだろうという、そのときの自分がすごくなぜなのか自分でも不可解なんですけど、というかあんまりでもほんとは不可解じゃなくて理由は分かってて、自分がいつも座る指定席みたいにその席を勝手にいつのまにか自分でしてててっていうのがあって、それでそのときもなんとなく座ったという、普通だと隣がいるところよけて座るのが普通なのにそのときそうしなかったのが、自分でもほんと後悔して／することに今もなったんですけどでもいったんもう座っちゃったんで立つのももういいやってことで結局そこにいたんですけど、そしたらたぶん私のことで「あの人何かいてんだろう、ていうかあれかいてるのって字じゃないよねたぶん」とかいう話題になって、それで最終的に「ちょっと俺今からトイレ行く振りして何かいてるかなにげに見てくるわ」みたいになったんだと思うんだけど、通路を／の脇を通って、トイレに行くその通りすがりにチラッとかいって見てきて、それで帰ってきて帰ってくるそのときもチラッとかいって見てきて再び、それで戻って「今帰り際かいてるのチラ見してみたらやっぱり字とかじゃないなんかぐるぐるしたというか、絵というかラクガキで／がかいてあって、なんだろう、やー……、て感じだった」とかってどうせ席に戻って話したんだと思うんですけど、ていうかすごいその通りすがりのときのその人のさりげなく見るふうの演技が、ウケるのが、全然さりげなくなくて、トイレに向かうふうに見せかけてテーブルの前で覗きこもうとしてるのとかバレバレなんですけどっていう、たぶん私がこんなふうにずっとこれに没頭してて周りのことなんか全然見えてません風に見えてるからだいじょうぶって思ってるんだと思うんですけど、それはそういう演技してるんだっつーのっていうのがおっきいわけで、結構周りのいろんなことって実は見えてて、だからその隣の男の人たちからのあからさまな好奇心／というか、好奇／の目とかで見られてるのとかもうちょっと隠してもいいと思うんですけどそのむき出しの好奇心っていう感じの視線とかも分かってて、ついでに言うとその人たち、そのとき店員の女の子の一人のことも明らかに目ェ付けてて、絶対なんかこの人たちとか言ってそういうことすぐにする、そういうのっていうかそういうのなんて言うんだっけ、味見じゃない、見定める、品評会じゃない、をするみたいなことしてしょぼく盛り上がるような、品定めか！　をするような種族に決まってると思って、私へのでもその人たちの視線はそういう店員さんに対するみたいのとはもちろん違って、それについて別にどうこうとかはないんですけど）

14

女　私だいたい通勤が五十分電車に乗ってる時間が平均してあるんですけど、八時ジャストの少し前くらいには駅には通常着いてるんですね通常そうしててだから六時には目覚ましかけてるんですね、それで起きて一時間くらいで準備して家出られるようにして七時に出て、七時十一分の電車に乗れるように家出てそうすると八時くらいには駅に着くんですけどそれからファミレスが駅前にありますよねあそこに行くんですけど、そして三十分くらいそこで自分の時間って大切なので過ごすっていう日課なんですそれはどうしても、そう、ほんとうはそれ以上一時間とか？　欲を言えば一時間半とか？　もっと？　してれたらなあっていうのはありますけど、ていうかほんとのこと言ったら自分の時間ってそのくらいかけないとやっぱりほんとうのところにこないし、今の言い方だと分かりづらかったですかね、ほんとうに自分の時間が始まったなあってところまであったまってこないしっていう意味で言ったんですけど、三十分じゃ、あったまってきかけたところでいつも終わりみたいな感じってあって……

職場の人　え、だったら別に単に、今よりその分早起きすればいいだけの話ていうことなんじゃないですか？　ていうのは違いますか？

女　いや、はいそれはまったくその通りなんですけど、

女　でも三十分で、結構だいじょうぶでっていうか、うん、そういう面はあって、その三十分は日記っていうのかどうか、前の日に自分に起きたこととか、それと関連して考えたこととかについて、ノートに、普通の大学ノートで横線の罫線のついた、そこにペンとかで書く時間にあてていて、ときどき三十分が、そう、ときどきでいつもそうなるわけじゃないですけど三十分がほとんど、永遠、（ウケて）、うん、でもそう、永遠！　におおむね等しくなることがあるっていうことを私は知ってて、そういう経験をしたことがある、確かに知ってて／るってことが私のなにかになってて、なにかにというのは、希望の根拠、になってて／なってるんです、だから三十分で私は大丈夫なんです全然それ以上要らないんだと思っていて、全然自分的にはフリータイムを三十分で満喫って感じなんです、よねー。

女は、再びノートに描き続ける。冒頭からずっと、女は描き続けていた。

フリータイムがこれで終わります、フリータイムをこれで終わります、ありがとうございました。

エンジョイ

日本経済は、２００２年の初めに緩やかな景気回復局面に入った後、
２００４年の秋から輸出や生産が弱含みで推移したが、
２００５年央には再び持ち直し、景気は引き続き回復している。
雇用情勢は、完全失業率が２００５年６月には４・２％まで低下した。
新規求人や有効求人倍率の緩やかな上昇傾向が続いている。
景気回復が持続し雇用情勢が改善するに伴って、
雇用の増加や賃金の改善がみられるが、
従来のように成果が労働者に一律に配分される、という姿は
次第に変わってきている。
パート、アルバイト、派遣労働者、契約社員、嘱託社員など、
様々な名称をもった非正規雇用が増加し、
就業形態は多様化するとともに、
雇用に占める正規雇用の割合は低下傾向にある。
景気回復に伴い新規学卒者の就職率は上昇に転じ、
若年失業やフリーターは減少しているが、

派遣労働者が増加するなど若年層においても
非正規雇用割合は引き続き上昇している。
バブル崩壊以降、採用抑制が厳しかった時代に
非正規雇用に就いた若年者にとっては、
正規雇用への移行は依然として難しい状況にある。
パートやアルバイトの仕事を繰り返しながら
不安定就業を続けている者や無業者になってしまう者も多く
こうした人々の年齢層も次第に上がっている。
「年長フリーター」には滞留傾向がみられ、
就業意欲に欠ける、いわゆるニートの数も近年高止まりしている。
また、仕事に就けたとしても、
仕事の種類によって、身につけることができる職業能力にも
大きな格差が生じている。

（平成18年版労働経済白書より）

第１幕　ある漫画喫茶のスタッフルーム

舞台奥にモップが立てかけてある。

男優１　第一幕から始めます、加藤くんっていう人が、地下鉄にこの前、京王新線ですけど乗ってて、そのとき遭遇した、隣に座って、女の人ふたりが話してたんですけど、盗み聞きしてるつもりは当初まったく加藤くんはなかったんですけど、聞いてたら正直、結果的に途中から、完全にわりと盗み聞きというなかば形にはなったんですけど、でも携帯のメールだと隣の人の画面も隣の人に画面見えないような防止のスクリーン貼るじゃないですか、そういうのが声はないから、ちょっとしょうがないんじゃないかな、ていう全然今の言い訳ですけど、でもその会話の、どうちょっと考えても声は、標準の大きさをそのときお前ら楽々クリアしすぎだろいくらなんでも、ていう感じだったというのは、内容自体もしかも、興味をこう、

男優１　……でも、いいです、その話は、まああとでするんで今はおいといて、その電

車乗る前に駅のトイレ入ったときにあった、その話のほうしなきゃ、しなきゃってこともないんですけど、是非していい？

男優1　ていうか、そのトイレっていうのは、当然男のですけど、ちっちゃいほうのとおっきいほうのとある、俺はそのときはちっちゃいのを、ちっちゃいののエリアは、ちっちゃいのをこうするところが壁沿いに列にダーってなってるじゃないですか、そのときはそんなに混んでなかったんですけど、ていうか俺だけだったんだけど、足してて用、そのダーっていう壁沿いの列の位置的に真ん中へんで、そしたら背中の、向こう側にね、その駅のトイレは、女子のほうがどうなってるかは当然ながら知らないわけだけど、男のほうはおっきい用の個室がこう並んでる列がちっちゃい用の列と別エリアに、ちっちゃいエリアの列がこうなってるとしたらそれと直角の感じでおっきいエリアの個室の並びがこうなってるわけで、そこに一人入っててね、入ってても全然いいんだけど、その人が出てきたんだけど、出てきても全然いいんだけど、そっからジャーって言って出てきて、その人がジャーって口で言ってたわけじゃないんだけど、水ジャーって流してから出てきて、そしたらすごい、普通の感覚として「あ、この人そのまま手ェ洗って出てくのかなあ」て思うわけなんだよね、え、違う？　そしたらすごい、ここから先が超謎の行動その人とったんだけど、俺の、なんでだか便器の、隣の便器のとこ来て、そこでいきなり、ちっちゃいの、チャーってしはじめたんですよ、

男優2　あ、そっかそっか、

男優2は包装された煙草のカートンを手にしている。

男優2　それでそのとき加藤くんは、要するにそのコンソールというか個室から出てきたやつに、「え、じゃあお前今あの中でしてくれればよかったじゃんちっちゃいのも一緒に」って思ったんだよね、

男優1　この人（男優2のこと）川上くんというんですけど、一見したところ加藤くんの今の話の、オチの部分に対しての特に反応が、鈍げに見えたかもしれないと思うんですけど、

男優2　でも違うんですよそれは、実は、川上くんこのとき、「え、でも、俺もたまにそういうこと、そういうことっていうのは、コンソール出てから『あ、やっぱり出しておきたいかももう少し、ちっちゃいのも』て思い直してたまにそういうことするとあ

るけど」て思ってて、ていうことに気、かなり、いろんな身におぼえが自分の記憶の中の、ぐりぐりって、今の話に関連する、エピソード関連を、思い返してたら、取られちゃって、そのせいでリアクション薄くなっちゃった面があって、

男優2　正直、え、そういうこと、やったこと一回もない？　俺さ、あるよ、て川上くんは思って、

男優2　そうそう、おぼえてるだけでも、一、二、三、四、ただしどうしてそのときそんなことしたのか、たぶん、今、説得力ある答えを、そこんとこどうなのよ、みたいな問いつめられ方もしされちゃうと、細かい当時の状況のディテールとかいちいちもう、忘れちゃってるし、

男優1　ううん、全然ね、それはいいよ、

男優2　うまく説明で納得させることは、求められても、もし、できないと思うんだけど、

男優1　分かりますって感じです、そういうことあるよね、そういうことあるよね、ってわけでもないけど、え、でもそういうことしたこと、川上くん何度もあるんだ？

男優2　ていうか、何度もって言われると語弊があれなんだけど、駅のトイレ別に毎日ね、入ってるわけじゃそんなに、ないから、

男優1　でも、そういうこと実際したことある人が、やーそうか、意外に近くにいましたってことか、

男優1　どういう、え、でも状況のときに、そういうことになるシチュエーションが、それじゃあ、発生するのは、具体的に、たとえば一回もう流しちゃったあとで、「あ、実はしたかった俺自身に気付いた、しかもたった今」みたいなことがあって、とかいうことなの？　ってこれ単にただ疑問として聞くだけなんだけど、

男優2　そうそう、ていうか、微妙な要素でいえば、いろんな力関係とかの、その場その場の、状況の関係性みたいなことだったりするなあって面もあって、たとえば時間とかの場合、基本的に、駅にいるって、急いでる、っていう基本的な前提があるじゃないですか、ってこともたとえば関わってくる可能性あるだろうし、そういうものがいろいろ結集して、そういうことに、そうそう、なるみたいなのは、でもすごく微妙で、一概にあんまり論理論理っていう面も、

男優1　あーはいはい、

男優2　ないわけじゃないにしろ、そうそう、でもそれだけで分かろうとするっていう、割り切りみたいなものだとしたら、割り切った瞬間にそういう場合、必ずどこかに「あー

ソレでもなんかちょっと違うんだよなーどこかなー」ていう切り口が、そうそう、残っちゃってみたいのが、しょうがない面はあるんだけど、もったいない、みたいなところがね、あるでしょ、でもそういう逆にほころびみたいのを残さないでやる、完全犯罪、みたいのはそれはそれで逆に相当難しいと思うから、

男優1　ていう、なんか二人で何話してるのかだんだん分からなくなってきた話題で盛り上がってたときに、「今見てもらってて分かってると思うんですけど、女の子が一人入ってくるわけなんですけど、入ってきたわけなんですけど、別に入ってくるのは全然「お前何入ってきてんだよ」みたいなことじゃなくて、入ってきて全然いいんですけど、

男優1　ていうのはどうしてかというと、事情を、つまりここはどこかというと、新宿の、西口のほうのというか、南口のほうのというか、甲州街道があると思うんですけど、その一本内側に入る感じのところなんだけど、にある、ここの新国《しんこく》（この作品が上演された新国立劇場）とかからでもたとえば、歩いてもそんなに、僕らくらいの普通に足だったらスタスタだいたい十五分くらいで全然行けるところにマンキツがあるんですけど、新国からだと逆か、こっち側ですけど、マンキツと言っても建物全体一階から三階までは全部カラオケになってる建物の、四階と五階だけがマンキツになってる建物に入って

るマンキツなんですけど、そこに加藤くんも川上くんも、そしてこの女の子は小川さんっていうんですけど、みんなバイトなんですけど、その休憩室みたいな更衣室も一応兼みたいな、中から鍵も、だからかけれるんですけど、そういう通称スタッフルームっていうここは部屋なんですけど、にこのとき小川さん入ってきただけなので、権利は小川さんも当然、小川さんまだここに入ってきたのが最近でいうと一番新しめの、一週間前くらいに入ってきたばっかりの人なんですけど、まあでもそれは全然、普通に、入ってきてよくて、ていうこととは関係ないんですけど、

男優2　ただしここで、ちょっと小川さんにまつわる話っていうのがあって、ていうかこのとき休憩時間がたまたま、今小川さんちょうど入ってきたっていうのもあって、ちょうどいい機会だから、そうそう、思い切ってちょっと聞いてみようかな今、て思ってるんだけど、ていうことがあって、

女優1　えーそれって水野さんのことでですか?

男優2　ていうか、小川さんのことに関してなら、今僕ら正直な話いくらでも盛り上がれちゃうぞっていう、いつでもスタンバイはできてててっていう状態でさあ、ていうか、水野氏との、そうそう、どうしてかっていうと、何があったかっていうと、水野氏との、

そうそう、こと、あー、今思いっきり、ぴしゃん、先手打たれちゃったね、

男優2　というのは、まず小川さんは何と言ってもですね、今年の春大学卒業したまだばっかりの、二十二歳、ていう年齢が、ダイレクトな言い方すると若いぞってことですよね、ただし我々別にそのピチピチ性に単純に盛り上がってるわけじゃなくて、大事なのはそこ以外の点であってですね、そこもまあ、とはいえ、ポイントとして、単純に盛り上がってる面であるという点は、もちろん種の保存の、男ですので誰にでもある、それが僕らにもある面は、正直、ここで認めておくべきだと、思うとこに関しては、男ですので、男ですのでというか、認めた一応うえで、フェアに話を続けると、実はなんですけど、僕と加藤くんと、あとプラスもう一人バイトの中で歳が同じでまあ仲がいいっていう、さっき一瞬小川さんの口から名前が出ましたけど水野くんっていうのがいて、水野氏が、それであれなんだよね、小川さんに対して我々が、単に若いよねーってことだけで別に盛り上がってるわけじゃないんですよっていうのは、ほとんどこれ、まあ、犯罪、てこともないんだけど、逆に快挙っていうか、小川さん、なんとその水野氏とよりによってね、ていうね、だから、

男優2　え、小川さんって水野氏からなんかそういう、はっきり言うと水野氏にまあ、「付

き合って」的なこと言われてそれでオッケーってことにしたのって、え、オッケーしたんでしょ、え、ねーオッケーしたのって、その決断みたいのって、もしかして意外と速攻だった、みたいな感じだったのかな？　実際の状況として、つまり、意外とそれっぽいこと水野氏から言われたんだと思うんだけど、

女優1　えー、はい、

男優2　そのときにわりと比較的瞬間的に即決って感じだったの？　てことなんだけど、

女優1　えー、でも別にそんな、えー、なんでそういう、えー今の川上さんの言い方だとすごい、今なんか噂的にそういうことになってるんですかね？　っていう感じがしちゃったんですけど、どうなんですか、えー、なんかそういうことになってるんですか？

男優2　あ、でもそれはね、全然たぶん実は大丈夫で、

女優1　ていうか水野さんのほうから？　だけ？　一方的にだったわけではないですよ、ってなんか、えー、のろけた結果的に今なっちゃいましたか？　ってふと思ったんですけど、えーどうしよう、まあいいんですけど、

男優2　ていうか全然それは、そうそう、たぶん今心配しなくてまったく大丈夫と思うっていうのは、小川さんと水野氏のことに関して、僕と加藤くんの中でははっきり言って

相当盛り上がってるんだけど、でもそれは逆に言うと、盛り上がってるのはウチらの中でだけっていう面もあるかな、ていう感じで、

女優1　えー、川上さんがそういう言い方するのって、なんかこのとき私が思ったのが、バイトの中で、水野さんサイドから一方通行的に来たみたいに噂とかが、えーでもなんでそういうことに？　なってるのか？　全然分かんないんですけど、噂とかだともうそういうことにあれなんですか？　って思って、ていうか、噂って、えー勝手だなあ、えー、どんだけ盛り上がってるんですか人のことで？　て全然私、実際分かんないんですけど見てみないとそういう、えー、ヘンな盛り上がるネタみたいなことに、店のスタッフ内でもしかしてなってるんですか、それはえー微妙だなー、えーなんだろー、て感じだなあ、まあいいんですけど、

女優1　て小川さん思ってたんですけど、でも実際は別にそんな、全然盛り上がってないらしいってことで、じゃあ、まあそんなに盛り上がってない感じだったら、今思ったようなことは実際には全然ないってことですよね、

男優2　つまりそんなに、そうそう、ヘンになんか、お祭りぽくとかなっててかないと思うので安心して、安心してって言い方は、今の小川さん的には、ヘンに盛り上がられた

くないとか、盛り上がってるわけじゃないならホッ、みたく安心したいわけじゃ、見るからにない、むしろ逆なのは薄々見て取れるんだけど、でも、そうそう、安心して、てサイドからのことしかこっちとしては言えないから、そういう言い方にどうしてもなっちゃうけど、

女優1　一概に、盛り上がられたくないのかっていうか、えー、でもなー、何に対して盛り上がられたいかっていうのは選べるんだったら選びたいっていう気持ちは、って選べなくて普通なんですけど、結構ポイントかもー、でも、えーこれ私のズレかな？　なんか必要以上に歳の差的なところに、なんか、えーそこまで盛り上がりのポイントそこに集中する？　のはちょっとなー、ていうか第一そんな歳の差ってほど別に、大したことないと思うんですけど、て思ってるの私だけ？　ていうかうちらだけですかね？　まあいいんですけど、

男優1　全然、僕らその点に関して言うと、水野氏含めて我々トリオ扱いの三人、正直それ以外のスタッフ、バイト、社員さん含めて、社員さんも半分以上全然二十代だから、うーん、こういう断定は卑屈すぎかと思う面もありつつ、やっぱりそういうバイト全体感から、と僕ら三人と、かなり僕ら三人だけ三十代突入トリオってことで、あいつらおっ

さんトリオ的なレッテル貼られてるよなあ、ていう、直接的に言われるわけではないにしろ、微妙にしかし感じつつ、まあしかしそれでもここで、バイトして、日々つないで、かなきゃいけない部分あるわけでしょんっ、ていう雰囲気、分かるでしょ？　だって小川さん水野氏ともうそういうアレなんだし、ていうかバイトここで一週間もいたら、そういう雰囲気ウチの店に存在しているのは普通に分かるよね、ていう理解でこっちはいていいでしょ？

男優1　そう、割とだから、向こうサイドの本当の雰囲気がどうかってのは、実はこっちサイドとしては全然わかってなかったりもするんだけど、っていう話も水野氏から聞いてない？　聞いてなくても小川さん、実は察してたりしてないの？　ていう面、実はあるでしょ？

女優1　えー、でもこれ別にかっこつけてるとかじゃほんとなくて、そういうあとなんか、こういう（「世間体とたたかう」みたいな）ことでも全然なくて、えー、歳の差ってそんなですか？

男優2　ていうか、歳の差っていうかは、や、どっちかっていうと我々の問題だよね、みたいな、我々の問題っていうか我々が水野氏含めて、どういうここで立場に、いつのまにかなり、そして今あるか、みたいな話があってさ、てこういう話小川さんにするべきじゃないんじゃないかもしかして？　みたいな、そうそう、だから小川さん最初さ、ていうか今日もだけど、ていうか今まさにそうなわけだけど、我々がスタッフルームいるとき普通に中入ってくるの、小川さんくらいだよ、あとみんなたぶん、我々ここいるときは、外のコンビニとかわざわざ行ってんだよね、

男優2　新宿のここど真ん中の割に、案外コンビニ遠くに行かないとないんですけど、大変それはめんどくさいと思うんですが、にもかかわらず行ってるという、だから逆に言うとそれだけあれなんだろうね、だから小川さんってそういうわけでほとんど我々からすると、宗教じゃないけどマリアさまとか、実際、分かんないけどそういうレベルだよね、案外これ誇張じゃない気がするのは、どうだろう、そうそう、あと、インドの人で、かつインド人じゃない女の、なんだっけ、もう死んじゃった人、

男優1　他のここの人たちは、俺たちいると普通に入って来ない、自然にもうそういう文化、形成されてるから、だから我々、小川さんは、でも、入ってくるでしょ、最初のうちまだ水野氏とのこと全然知らなかったから、ていうか実際なんでもない時期も当然あったと思うんだけど、ていううちは、あーこれって小川さんってまだウチのその辺の

文化的ニュアンス摑みきれてない新人ならではの味って感じで、いいよねえ、癒されるよねえって話してたり、してたんだよね、それこそ水野氏含めて三人で、

男優2　小川さんって、そうそう、我々にとってはだから一見見た目の印象よりも、そういう意味で、実は癒し系？　ナース系？　ていう話で盛り上がってたんだよね、まあ結局、他の誰にとってよりも、今やそのナイチンゲール性を、水野氏にとっての、そそう、特別な、あなたのナースみたいな、ことに落ち着いたというね、ことなわけだけれども、って、今の非常におやじギャグ度高い発言だと思われたと思うんだけど、ていうか、ギャグにすらもはやなってないんだけど、

男優2　でもね、まあそれは俺今、敢えて言った部分はあって、や、ほんとに、ていうのはだって実際、おっさんだから、て自覚してるから、かつしかしもっと自覚してかないとまだまだいけない面も多々あって、ていう意味を込めて敢えて自分から言っていかないと、ていうのもあって、そうそう、えー、じゃあ小川さんサイドからも少なからずまんざらでもなさは、あーそうなんだーゼロじゃないんだー、ていうことなんだ、ていうのが我々には、とにかく普通に衝撃だったんだけど、えーだって水野氏もう普通におっさんじゃん、イコールまあそれは僕らもだけど、そうそう、でも小川さん、八つ下とか言っ

て、だって、え、八つ下って俺ら成人式のときまだ小学生でしょ、てことでしょ、わー、そういう考え方すると、それに対する今どういう最適な感想を持つべき感想って、ちょっと今、手持ちの中だけだとしっくりくるのが出て来ないよね、ていう、でも、あれだよ小川さん、今小川さんという特定の女の子についてどうこうってのとは無関係に、やっぱり一定以上に年下の女の子、つまり、あ、常識的な二三歳くらいかなー、の差ならまああるにしても、え、それ以上に、あ、そうなんだもっと下なんだー、ていう女の子と、え、水野氏今付き合ってるの？　ていう話一般についての、なんか特別に沸く、抱く、なんだろう、羨ましいじゃないけど、思いみたいのは正直あるわけじゃない、ていうかあるんだよねこれは、うん、

女優1　あ、はい、「あ、はい」ていうか「あ、はい」て自分で言うなって感じしたかもしれないですけど、でも別に、言われ方として、あ、はいはい、てことは当然知ってるし、知らないふりしても分かってるし、ていうのは事実だし、だから「あ、はい」て言って、そういう意味で、ほうが正直だと思って、てのは言い訳とかじゃなくて、別に無難に「あ、はい」とか言わないでおくのも、ありなんですけど、単にそれってでも、なんだろう、知ったかの逆っていうか、「知らなったか」みたいな、分かんないですけど、

ことなだけだと思うし、ていう、すごい超言い訳結局してますけど、
男優1　えっと、今川上くんが小川さんに言ったことについてなんですけど、僕もだいたいの部分でなら、今のには同意なんですけど、でも微妙に意見が違う点がひとつあって、ていうか、僕が小川さんに対してというか、小川さんに対してじゃなくて水野氏に対してなのか、思う気持ちはなにかというと、たとえばあれじゃないですか、彼女とかが、まあいると、いろいろなそうすると出てくる問題っていうのが、だんだんこういうトシになってくるとどうしてもある、ように思える一見、わけで、たとえば、とこう例を口に出すのもなんか、出すと縁起悪い口に出すとほんとそうなっちゃいそうみたいな、ためらわれる部分があるわけですけど、つまりいろんな絡みのことを言えば、だいたい彼女がタメ歳前後くらいだと仮定するじゃないですか、仮定というか、
男優1　過渡期っていうか、そういうね、あったりするわけですよね、でもそれは特に女のほうにあるだけ、てことじゃないかって気がしてて今俺は、男はね、ていうか「特に女はね」って、今、「特に」って言い方したけど、それだとじゃあ男にも特にじゃなければそういう過渡期感はあるのかという話になっちゃうんだけど、特にじゃないレベルですら、男にはもともと、川上くんどう？　なくないそういうの？　ていうかなくて

いいじゃん別に、肉体的になんもリミット別にないんだもん、って思うんですよ、僕、

男優1　川上くん、だから今、微妙に凹んでるかもしれないけど、凹まないで全然いいと思うんだよ、と思って、僕これ（煙草のカートンのこと）、実は川上くんへのプレゼントで誕生日の、さっき彼にあげたんですけど、好きなだけもうバカスカ今日は一日でこの箱全部やっつけるくらいの勢いでいっちゃってよ、みたいな、

男優1　三十なんてラインとかでもなんでもないよ、本来全然そういうの、男がそういうのあるふうに見えるのは、まぼろし？　ある意味、赤道、ていうか俺、赤道ってほんとに赤い線が子供のとき引いてあるって思ってたんだけど、海の部分はプールのコースロープみたいのが、結構、中学生くらいまで、そう、でも、三十ってラインも、ないない、そんな線は、実在しないから、女はあんじゃない？　知らねえけど、肉体的な、それでそのとばっちりでしょ、女がそうだから男もそうなっちゃう、合わせちゃう、巻き込まれちゃう、合わさせられちゃう、ていうだけだから、いい悪いで言ったら百パー女がだから悪いんだよこれ、違う？

男優1　だから女のそういう点は、これまだ小川さん二十二歳の前では言っても許可されると思うから言うけど、一言で言うと、まあ、うざいぞオラ！　ていうね、

男優1　これ本気ででも、そういう一つの基準としての三十、まで小川さんまだ八年ってのは、猶予として水野氏に対して、そこが一番加藤くん的には、アレな点で、

男優1　なんていうの、ある一定年齢ライン越えると俄然こっちに対する光線が、プレッシャーそういう状況に置かれてる女のビーム「うわっ！」ていうのが、これはもうひたすら、うざい！　ていうね、でも、小川さんまだビーム出せないでしょ、素晴らしい、出せないってことを、ほんと大切にしてほしい、だってそこだもん、水野氏が羨ましい俺がなにより点は、つまり小川さん、若い！　二十二歳！　てのはつまり八つ下ってのは、三十まであと八年も、ワールドカップを、ビーム出るようになるまで最悪二回楽しめちゃうって、夢のような水野氏は状況だよな、

男優1　てここまで言って、加藤くんつい興奮このときしちゃって、このあとうっかり、ていうかでも水野氏だって、最近までもともと俺と立場的に同じライン上にいたんだけどさ、て言いそうになって、

男優1　水野氏、ほんとつい最近までなんですけど、結構長く五年くらい付き合ってた彼女が、ジャストタメで、普通にまあ、性格も悪くなかったよね、ていう、前野さんていう名前の、前野さんって、ある意味今となっては分かり易い名前なんですけど、いて、

にもかかわらずいきなり大幅なリニューアルを水野氏は敢行したわけなんでけど、どんだけリニューアルだよっていう話なんですけど、まあ、こんだけリニューアルだよっていう話なんですけど、ほんとうまいこと鮮やかかな、水野氏リニューアル果たしたよなあ、ていうことをだからこのときもしかしたら、小川さんにポロッちゃったら、小川さん的に、えっ、みたいになった可能性あったわけで、でも咄嗟のたぶん判断でギリでこのときはセーフだったんじゃないかと、ちょっと楽観的に今も思ってるんですけど、

女優1　でも小川さんは、勘づいちゃってたんですけどね、雰囲気がそういう、もうあることには、まあ、でも小川さんだって、水野さんに自分の前に彼女がいなかったと思ってたわけじゃまさかないでしょ？　てところもし突っつかれたら、あー、それはまあそうかもしれないですけど、ていう答えかたにはなるんですけど、

第2幕　承前

女優1　それで次は、第二幕なんですけど、このとき別のバイトの人がふたり、清水くんと竹内くんっていうんですけど、一世代、加藤さん川上さんより微妙に若い感じの、ふたりとも、入ってきたんですよ、ある用事で、

男優3と男優4、登場。

男優3　あの、加藤さん、または川上さんの、どっちか一名で、別に構わないんですけど、普段は、これは、水野さんに、いつもお願いして、やってもらってることなんですけど、水野さんが、でも、今みたいに、いないときは、今までは、何度か、こういうときは、加藤さんに、かわりに、やって、もらってた、どっちかといえば、ことが多かったかな、て意味では加藤さんに、て今回も感じなのかな、こっちとしては、でも、どっちでも、やってさえ、もらえれば、全然、どうでもいいんですけど、あの、また例によって、

というか、ジーザス系、の、おじさんの、約一名、処理というか、を、お願いできれば、と思って、ちょっと今、また来ちゃってて、ここは、臭くないですか？ まだ、大丈夫ですか？ じゃあ、あ、加藤さん、すいません、またお願い、いいですか？ 加藤さんで、じゃあ、（退場）

男優1も退場。

男優4 それで第二幕のメインは、川上さんの話になるんですけど、川上さん的には、もう少し小川さんとのあいだでさっき第一幕のときに盛り上がりかけてた、小川さんと水野氏の、に関する話の詳細とか、「要するに、えーどんな感じだったのかな、最初の始まり方の具体的なやりとりとか、ていうかそもそもいつから、要するに、なんかそういう気持ちが生まれた瞬間が、はっきり、みたいな形であったの？」とか、「どんな感じなの最近はまだ、いい感じちゃんと続行中？」みたいなことについて、まだ今のままだともうちょっと突っ込み足りない正直もうちょっと好奇心根ェ掘ったり葉ァ掘ったりしたい気持ちが、あるっちゃあって、ていうか小川さんだって、実は聞いて欲しいってところあるでしょ？　あるんじゃない？　そんなことない？

女優１　あ、もういくらでも掘られても、全然、どんどんむしろ来てほしい感じでいますけど、

男優４　あ、ほんとに？

女優１　はい、

男優４　え、でも小川さん八つ下とか言って、だって、え、八つ下って、

女優１　はい、

男優４　俺ら成人式のときまだ小学生でしょってことでしょ、うわー、そういう考え方すると、うわー俺らの歳って、もう小川さんくらいのコなんかからすると、あー、素でもうおっさんだ俺、て感じだよね、ていう認識が俺、実はさっきさ、ズバッとさ、つい今さっきだけどね、そうそう、突然だったんだけどね、来たんだよね、サンダーボルト！みたいな勢いだったんだよね、

男優４　そういうのがでも突然来た理由は、心当たり全然ないわけじゃなくて、ていうのは、実は今日という日は、これすごい個人的なことなんだけど、ちょっといろいろな日だなあ、てのがあって、

男優4　てしみじみね、

男優2　そうそう、

男優4　川上さんはこのとき思ってたんですけど、

男優2　そうそう、ていうか、いろいろな日だなあ、てのは、あんまりそんな、すごく親しいわけでもそれほどない方面には、そういう言い方で濁しときたいところがあって、そういう言い方になってるんですけど、ていうことがね、たぶんでも関係はしてるんだ、意識、無意識、まあしかし、別に小川さんとの比較とか関係ない部分で絶対的に全然もうすでにリアルに「あ、おっさんだ俺」ていうまあそういう認識、今日になって今さらってことじゃないだろ本来、べき論言ったら、てのがほんとのところだよね、そうそう、でもほんと、こう、内臓ごと？　ていうか内臓全部、一直線上に、サンダーボルトで一気に串刺しみたいな勢いで「グッ」てここまで俺、摑まれてる焦りみたいのはね。生まれて本気で感じたの、正直な話、今が初めてで、そうそう、なんですよね、僕は今日はどうしても、「いやーそういうわけで僕も今日誕生日ということで、いよいよ三十になっちゃったわけなんですけど」みたいなノリで、「やあ、素でやばいっすよねマジでこれ」みたいなノリで、ギャグっぽく今日は、するのは、そういうテンション

は、どうしても今日は、ごめん、持ってけない、て感じで、

男優2　やあ、あれだ、自分が三十かー、て素で実感全然ねー、ていうのが正直なところで、いやー正直焦ってます、ていうか焦ってますっていうのは、でもこれは弁解かな、「お前バカじゃないの？　いい加減リアルにさー、現実見ろよ目の前の、そしてさー、なんだかんだ」、みたいなこと言われるかなあっていうのに対する、前もって専守防衛みたいな、まあいいや、でも違うんですよ、て違くないですけど別に、三十になったことに焦ってるってことじゃなくて、そこまで、もうちょっと単純じゃないんですよ、ていうか、実際三十になっちゃったよ、ていうその実感をしかし正直俺、持ってねー、すげー希薄、てのは、あるかなー、て感じで、でもそういう俺って、コレどうなのよ？　それでいいのか？　ていう、いいわけないだろ、ていう、焦りってむしろそっちのほうであって、焦ってないよなーそれにしても自分、ていう、もうちょっと自分のこの現段階っていたぶん、階段でいうと、一番上は崖っぷちです、でもあなたもあと二三歩でもうそこに着きますから、てくらいではもうあると思うんですけど、え、だとしたら普通に僕、もっと焦ってるべきですかもしかして？　みたいな、にもかかわらずこのくらいしか焦ってない状態はむしろ俺やばくないか？　大丈夫かなー、普通の神経だったら、も

うこのステータスにはまり込んじゃったら、普通に、死にたいとかいう思いの、そうそう、たとえば一つ二つくらい、もってたって別にバチ当たんないだろ、ていうかむしろ普通だろ、ていうね、そういう雰囲気は存在してるのは知ってます、もちろん、それはただし、僕が実際そう思ってる、そういう追いつめられている、てよりか、単に、そういうプレッシャーってまあ世の中に普通に漂ってるよね、ていう話としては、でもそういう雰囲気の漂いをここで別に責めるつもりとかそんなくて、むしろ逆に、分かります、やーそれってでもほんとそうですよねー、ここまで育ててもらっておいて、でもいいトシして全然俺まだこんなで、どうなんだ、て話ですよね、しかもこの先の展望といってても、たぶん空模様どう見てもなー、ドラスティックななー、上昇に向かう展開待ってる可能性きわめて薄、の確率がほぼ百パーだよなー、て感じで、だから僕も今こうやって、そういうわけで、えっと、先立つ不幸を、的なね、そういういろ、そうそう、遺書的なフレーズこのあとに割とできるだけふんだんにつけて、それらしくしていかないと、このビデオいちおうそういう意味合いがあるつもりなんですけど、その意味合いもあとから事情知らない人が見たら、なんなんだよいったいこのビデオ、て分かりづらくなっちゃうかな、てことは一応懸念してるんですけど、なので、ここから先は少しずつ、そ

のへん分かり易くなるようにしていこうと思うんですけど、

男優2　でも、そうそう、いつからというかどっからそういう、こうなっちゃたんでしょうか自分はと、ちょっとこの機会に考えてみたんですよね、思えば今日までジャスト三十年間、あたかも走馬灯のようにですよね、それで、俺アレだったかもしれないです、さっき言った意味での、焦る状態、に自分持ってくための経験、どこかで若いうちに普通するのって、必要なことなんだと人間には思うんですが、ていうかごめんなさい、思ってないですが、今しゃべってる辺の言葉は、全然、なんか、コメンテーターみたいなソレ系の人が言いそうな、実際言ってるのや、あるいはどこかで読んだとか、テレビで見たみたいなことの、受け売りで思いっきり言ってて、自分でそういうこと思ってるか思ってないか、よく把握しないで言ってますが、ただしまあ、そういう機会に関して言えば、明らかに自分はそれをする機会については、完っ全に逸しました、ていうか、なかったなー、

男優2　でも、じゃあどこでしとけと言うんだそれを？　ては逆に言うと、あるんですけど、なんかそういう、施設だったのか？　でも、どこ施設って具体的に？　普通のやっぱり、会社なのか？　うーん、でもその答えは、なんかなー、いかにもベタだよな、いちばんつまんないよなー、それとか、これもベタですけど、中学高校みたいなときに、

男子校、寮、みたいなところで先輩たちの新入生に対する、なんか、洗礼みたいな、「ちょっとお前ここ来い」みたいな、「とりあえず今着てる服全部脱げ」みたいな、「あ、はい」みたいな、「何やってんだよお前、パンツも全部だよ」みたいな、「え、まじですか」「あたりめーだろ」「あ、はい」みたいな、「お前さー、じゃあ全裸で今から俺たち全員の前でなんか、なんでもいいからさー、なるだけ全裸であることを最大限いかした面白いギャグ何かやれ」「あ、はい、じゃあ、ヘリコプター」みたいな、そのくらいの、もしかしたら必要な通ってきててしかるべき経験、プロセス、きちんと通ってこないでここまで、人生、お前来ちゃったんじゃないの感、て言うのかな、明らかに強いなあ、てことはでも、自分でいちばんそんなこと分かってるから、うるせえからっていう、分かってるから俺だってこういう結果的に、来ちゃった感感じてて、その最終結果としてなわけであって、こうして、遺「書」じゃないから、これ、遺ビデっていうか、今コメント、撮影セルフで撮ってるのは、だからなんだからって感じなんですけど、

男優2　て今突然の、これ思いついたんだけど、この遺ビデに、もし今俺、全裸で映ってたら、どうだろう？　それもしかしてめちゃめちゃ、ウケないですか？　ていうか、逆にめちゃめちゃしかも、ある意味同時に泣けさえもするという、どうだろう、やんな

いですけど、別に泣かせたいわけじゃないし、ていうかむしろそれいちばん本意じゃないし、ていうかまあそれ以前の問題ですけど、ウケるとか泣く以前にそれまず、ヒかれるでしょ、ていう、

男優2　あ、でも逆にそういうヒかせるっていう意味では、逆にアリか、ていうか冷静に考えて全裸で知り合いがビデオ、セルフでしゃべってるの撮ってるのもし見たら、まあ、はたして見るのか、て問題はその前にあるとしても、見たらヒくだろ、泣かないだろ普通、ていう、え、だったらそこまでやったほうが、どうだろう、いいんだろうか、どうですかね、（退場）

男優3、戻ってきている。

男優4　なんで僕ら二人さっきみたいに加藤さんにああいうこと押し付けていいそんな権利あのるかというと、一応その根拠、正当ないきさつは、ウチのマンキツって、さすが新宿だけに、いろんな多種お客さんが、数的にも種類的にも、ね、来るんですけど、それでいろんなお客さんの中には、ちょっとお客さんっていうか、ね、正確にいう

とちょっとお客さんじゃない、ジーザス系って一括でウチら間では、呼んでるんですけど、ふだん大都市新宿の中でアウトドアシティライフ送ってる人たちが、ね、たまに入って来ようとしたり、するんですけど、一人思いっきり常連、顔もう割れてるおじさんが、いて、余裕超かましてその人、「五時間パックで」とか平気で中入ろうとしてきて、いやいや、おじさん面割れてるんだから、おじさん明らかに寝に来てるでしょ、もうこっち全然それ把握してるから、ていうか寝に来ても別にいいんだけど、基本条件としておじさん、先立つもの先立ってないこと、見れば分かるから、みたいな、

男優3　あと匂いっていうか、やっぱり、それちょっとあまりにも、公序良俗じゃないですけど、

男優4　すごい分かる、ていうか、手ェ、おじさんのとか見ると、爪の隙間真っ黒じゃないですか、そういう状況チェックしちゃうと、あ、おじさん先立つもの先立ってないんだったら、それはごめんなさい、店ン中入れてあげれません、ては、秒単位でこっちサイドとしては、読み取れちゃうんだけど、でもこっち的にもそれって、ある意味切なくて、もうちょっと所要時間必要だった、みたいなところまで、せめてごまかす努力、こっちのためにも、て意味でも、してほしかった、ていう気持ちが生まれる、それってて

一応のシンパシーなんですけど、

男優3　みたいな話を、ちょうど僕たち、話してたことが前にあったんですよ、そしたらいきなりだったよね、水野さんがそのときは僕らのそば、ちょうどいたんですが、水野さんがそれ聞いてて、俺らに、いきなりだったんですけど、キレだして、え？　て感じだったんですけど、なんか、お前ら、人間として、人間に対する最低のあれも、ないのか！　みたいな、

男優4　ドン引きだったよね、ていうか、キレる人がいても全然いいのは分かるんですよ、でもそこでいきなり水野さんがキレだすのは、どうだろう、ていう話で、えー、別にキレるんだったら、それはそれでまあ自由かもしれないですけど、でもキレるのにも、キレる資格、ていうとヘンですかね、僕らはだって僕らで、おじさん、ちょっと正味な話、臭いんですけど、とか、しかもなぜか、その臭さの中に、アルコール臭いのも微妙にブレンドされてません？　みたいな、

男優4　でも別におじさんに最低限の失礼なこと言ったり直接してるわけじゃない、てのは理解してほしくて、それ絶対重要なポイントだってのはあって、オブラートだって普通に駆使して、敬語も、ちゃんとですますだよね今は、前は違ったけど、

男優3　僕ら一度水野さんに怒られたことがあって、そのときはでも、素直に、あ、そうだなって思って、以降改めてちゃんと言葉遣いやってるんで、偉いよね、俺らそう、よくよく考えると、水野さんほかのことは、ドリンクたとえば店の勝手にガン飲みするのとか全然スルーなんですよ、唯一おじさん関係の、最低限の態度とかのことだけ異様にシビアで、そういう基準の濃淡ある人なんだ水野さんってこと最近は少しずつ分かってきたんですけど、

男優3　え、じゃあ水野さんがそこまでもしキレんだったら、ウチらとしては、

男優4　すごいそう思う、

男優3　じゃあキレるだけのことやってほしいというか、おじさん対応今後はそれじゃあ全部水野さんに、そのときカウンターがたとえ誰担当でも、水野さんわざわざ呼んで対応お願いする今後決まりにしてほしいんですけど、くらいのことにしてかないと、だって水野さんの今の、相当エキセントリックなブチ切れ方でしたよ、てこと自分で分かってます？ていうのに相応の資格ですよね、に見合わないと思うんですけど、ての違います？

男優3　てのとあともうひとつ決めなきゃ絶対にいけないのが、水野さん常にシフトいるわけじゃ当然ないわけで、水野さんいないときはじゃあどうするか、てのは具体的に

言えば、要するに加藤さんとか川上さんとかにやってもらう、てことなんですけど、そこまでやってもらわないと、こっちはやっぱり納得できない部分があるから、てウチらそのとき思って、

男優4　えっと、なんで今ここで突然加藤川上の名前が入ってきたかというのは、やっぱり、三人ひとくくりみたいな部分があって、ウチのマンキツのバイトのうちの、その三人だけ、あの、すいませんみなさん、もう三十っていう点は、だいじょうぶですかいろんな意味で、ていう、長老系というくくりで僕とか清水くんとか、こっちサイドは思ってて、こっちサイドで陰でみんなでそのトリオのことなんて呼んでるかというと、若いサイドっていってもこっちも別に、二十六とか七とか普通に、なんですけど、その三人のことはその三人の名前のいちばん、水野さんの「み」と、頭文字ですけど、あと加藤さんの「か」と、川上さんも「か」なんだけど、その三つで、「み」と「か」と「か」で、そのまんまなんですけど、「みかか」って、意味全く不明なんですけど、ユニット名そういうひそかに付けて呼んでるんですけどウチら内で、

男優3　そう、要するにみかか全体で連帯責任でジーザスのおじさんの対応まるまるやってください水野さんがそこまで言うなら、ていう言い分なんですけど、でも、よっ

ぽどウチらそれ水野さんに直談判しようとも思ったんですけど、まあその意見も、それはそれでエキセントリックかな、てのはウチらもちょっと分かってた部分はあって、だからとりあえずこの話は、最初店長のところ持ってって相談してみようよ、て言って、それで、あ、まあそうだね、てことになって、相談に行って、

男優3 そしたら店長がなんて言ったかと言うと、じゃあわかった、て言って、じゃあ俺が、俺がって店長のことですけど、俺がそういうときはどういうそういう人たちに対して対応したらいちばんいいか、対応用のマニュアルつくってやるから、それマニュアル守って対応するようにしよう、てことにしよう、てことになって、できるだけ分かり易い、細かいいろんなルール作ってもバイトなんで所詮みんな、覚えられないんで、できるだけ猿でもシンプルにしないといけなくて、結局、対応のしかたとしてそれで考えたのは、とりあえずただただただ、例外一切なし、ひたすら断れ、てことにして、ほんとそのくらいじゃないと、彼らバイトはほんとマスターできないんで、

男優3 だからもう店長って単語もすぐ出しちゃっていいし、つまりそういう、ジーザスってキミたち呼んでるおじさんたちもし来たら、店長から激しく禁止されてるので、僕とかただのバイトなんでそういう言い方しかできないんですけど、すいません、て全

部含みで言っちゃっていいし、お引き取りそれでもしてもらえないときは、割かしあっさり警察呼びますから、て言っていいし、ほんとに口だけじゃなくてすぐ呼んじゃってもいいし、別にそれであとで俺が警察になんか、そんなことでいちいち呼ぶなとか、ちくちく言われるとか、全然そのへんオッケーだから、案外今、言われないしそういうこと、がんがんだからもう呼んじゃっていいから、て言ってあるんですけど、

男優4　て店長から俺ら言われてるよね、

男優3　うん、

男優4　でもやっぱり自分たちで対応するのめんどくさいんで、結局みかかにやってもらってるんですけど、ていうかやらせてるんですけど、水野さんそれでいいって言ってたし、

男優1、入ってくる。

男優4　て感じでさっきも加藤さんにジーザス対応お願いしたじゃないですか、そしたらこのとき加藤さんが戻ってきたんですよ、だから、あ、ジーザス対応お疲れーす、て感じだと思ったら、なんか加藤さん雰囲気が、アレ、ていうちょっと感じだったんですよ、

男優1　（モップを手に取って）なんか、すごい謎な展開になっちゃって、なぜかお金、おじさん持ってて、千円札、あ、て思ってたら、出されちゃって、あ、払われちゃった、と思って、「え、でもダメですよ」て咄嗟に言ったんだけど、そしたら、「え、何言ってんだよ」とか言ってきて、「何言ってんだよ。カネ持ってんだよ、いいじゃないか」とか言って、（ウケて）いいわけないだろ、ていう、「ていうかそのカネどっからとってきたんだよ怪しいんですけど」て言って、そしたら「何言ってんだよちゃんと働いて手に入れたこれはカネだ、差別をするな、カネはカネだ」とか言って、いやいやいや、またまた、みたいな、いきなりそれで、なんか、なんで俺にキレないでよよりによって、て感じなんだけど、いきなりキレ出しかけて、いきなりああいう人種いつ凶暴化して逆上して何言ってるか分からないし、何し出すか分からないし、だからその前にもう、なんかよく分かんないんだけど先手でもう、やっちゃっとこうと思って、そしたら、あっさり逃げたんだけど、でも床に一応、血ィ結構付いちゃったのまずい拭いとかないとお客さんなあと思って、（退場）

女優1　ところで小川さんなんですけど、結局全然のろけられずじまいだったんですけど、て感じで、二幕終わります、

第3幕　恋人たちの部屋

女優2と女優3、登場。

女優2　ある女性（女優3のこと）、その女性は、仕事をその人は、普通に派遣とかで、してる人なんですけど、でも話は、仕事の話じゃなくて、いきなりその人のプライベートに突っ込んでく感じで、第三幕は始めます、その人は、結構長い付き合いの恋人がいて、もう「いて」じゃなくて「いた」なんですけど、それでこの前、その人にひどいメールが送られてきたんですけど、その元の、恋人だった人から、

女優3　その時点では、まだ元じゃなかったんですけど、でも、そのときはもう、かなり微妙になっては、すでに状態が、いたんですけど、

女優2　そのときのメールは、あーもう絶対この男は切ろうって、彼女の中でわりとそれがきれいに、カレ↓元カレにシフトした直接、理由、ていうか原因、て言ってたぶんいいくらい、ひどいメールだったんですけど、

女優3　メールじゃなくて、最終的には部屋に直接来たんですよ、最初はメールだったんですけど、メールは、「今から遊び行っていい？」ってすごい夜遅く、いきなりしかも、その時点で十二時もう近かったと思うんですけど、どうしても今話というか、相談したいことがあるから、みたいに、もう一時近かったかもしれないですけど、寝てるかもしれないのに、普通、寝てたらどうするんだろう、ていう、まあ、返事が来なければ来ないで、そのままあきらめたんだと思うんですけど、でも返事して、別にいいけどって、その女の子は、そして部屋に来て、

女優3　そしたら、延々と向こうが、してた話の内容が、もう聞いててそれは、途中で、途中でというか、かなりすぐだったですけど、えー、そんなことで相談とか、悩んでんだ、そのトシで、そうなんだ、はあ、て言いたくなる、ほんとにどうでもいい内容で、ていうか、たぶん、もうこの時点で、話の内容どうこうより、そういう話をするその彼へのこういうの（愛情、関心）じたいが、すでになくなっていたからその女性は、そういうふうになったんだろうとは思うんですけど、そのときの、その女性がその夜に聞いた話が、内容はどんな話だったか、ていうのを今からやるんですけど、

女優3　それがどんな話だったか、ていうのを友達にしたら、前々から実はその彼のこ

とを、こうしよう、こうしよう（切ろう切ろう）と思ってた、私が、ことは、友達は「それ絶対正しいよ、ほんとその男ひどいよ、と思った私、今聞いてて、えーそういうのってすごい死ねって思うんだけど、全面的に向こうのほうが悪い、ていう話だよ、どう冷静に言っても、聞いてると、話、」て言ってくれたんですけど、一緒にちょうど、地下鉄に乗って並んでたときについ話したんですけど、そしたらそう言ってくれたんですけど、

女優3　でも、そのことだけが原因で、あーもう絶対私の中で修復不可能なところまで、一気に行ってその夜に即別れた、みたいなわけじゃなくて、それまでにずっと、こう（堆積していた）なってた、いろんなことがあって、その夜はでも、間違いなくきっかけだったな、ていう夜では、あったとは思いますけど、

女優3　メールを、明日私普通に朝から仕事なんですけどみたいな、でも、しょうがないなあとおもって、「別にいいけど」て返信して、そしたら、「じゃあ行く」とか言って、わりとすぐ、そしたら来て、

女優3　「コンビニでビール買って来た」とか言って、「ちゃんとしかも二本」とか言って、え、もしかしてそれで義理を、お土産のつもりなのか？　しかも缶見たら、ビール

じゃないし、発泡酒ですらないし、第三のビールだし、

女優3　そのときしだした、「凹んだ」とかいう、その原因とかいう、話の、その凹んだ出来事、ていうのの、出来事の内容が、ほんと最悪で、

女優3「俺今日普通にシフト入ってたんだけど、客が、ひとり、入って来た人が、スーツ来てる会社員っぽい、それがたぶん、知り合いだった、小学校時代とかの、確か」とか言って、

女優3「絶対あの顔、たぶんそうだったんだよなあ、近所に住んでた、たぶん、小学校とかまで同級生だった、たぶん、彼だと思うんだあ、そう、ほんとその彼が、当時の顔があのまま大きくなって、あのまま老けたら絶対この顔だよな、て人が、来て、あれ？もしかして、て思って、絶対おもかげその人のあるよ、あの顔、て思って、おもかげって言っても、でもそのとき、俺、担当、直接カウンターだったわけじゃなくて、ディスペンサーまわりの掃除してたから、直接こういう（対面する）、顔を直視したわけじゃなくて、向こうは、だから俺にはたぶん気付いてなくて、見てたのはちょっと遠巻きだったから、巨人の星のお姉さん状態みたいな感じで、一方的にカウンター方向さりげなくチラ見してる状況で、」

女優3　「もちろんもう二十年とか、二十年は経ってないか、過ぎてるから、おもかげとかいってても全然もちろん、確信は難しいんだけど、……でもたぶんその、彼だと思うんだ、」

女優2　うん、え？　それがもしかして凹んだ理由？

女優3　「そう、」

女優2　あ、そうなんだ、

間。

女優3　そのときは、僕やってたのは、担当は、ドリンクまわりってそういうのは言うんですけど、マンキツに行ったことある人は分かると思うんですけど、マンキツの、フリードリンクのコーナーの、お客が自分でドリンクチューってて自由にやっていいように置いてある機械があると思うんですけど、ディスペンサーっていうんですけど、そこの担当で、残りあるか一応チェックしたり、ドリンクの原液なくなったりコーヒーとか粉切れてたら取り替える、あとそのまわり客がこぼしてたりしたらダスターで拭くとかの係をそのとき担当が僕で、だから最初カウンターの前に受付待ちで並んでる人が、あれ？もしかして、あつしくんらしき人が立ってる、て思ったとき、そのときはその人普通に、服装が、スーツ着てて、だから、あ、なんか、あつしくんに激似、て思う前はただの、あ、サラリーマンのワンオブゼムの人、くらいしか僕もその人に対して、なくて、ウチは営業みたいな、外回りとかの人が微妙に次の用事まで間が空いたとか、たぶんあと純粋なサボリとか、新宿だし、割とそういう利用にベストなんだと思うんですけど、

女優3　だからその人も、そうかなくらいのつもりで最初いて、途中でふと、でも、あれ？もしかして俺彼のこと知ってるかも、て思って、もしだとしたら、でもすごいもう全然、二十年近くブランクあるし、スーツしかも着てるし、しかもいきなり新宿でチラって見ただけで、普通にこういうの分かるのって、なんなんだろう？　そういうの、なにで認識してるんだろう？　人間の顔、記憶ってそれまで一度も、ていうかもう十何年二十年とか使ってないのにいきなり取り出せる、それってどこで保管されてたんだろう、今まで、とか思って、

女優3　目ェ合ったんですよねー、二秒くらい、一・五秒くらい、その長さが、超微妙、もしかして、あのとき、超微妙、てお互いに思ったのかもしれない、て気がする長さ、

だとするとやっぱり、あれはあつしくんだったのかなあ、て今もそのへん引っかかってるんですけど、一・五秒って、分かんないですけど、ちゃんと計ってない感覚なんでただの、

女優3　住んでる家が、あつしくんとは、すごい近所で、小さいとき、隣のブロックで、なんか分譲の、僕、神奈川だったんですけど、小学校のときとかは結構一緒に遊んだり、親どうしが、生協かなんか確か一緒にやってて、みたいな関係の、もともとはそれでつきあいが、幼稚園入る前くらいから、でも中学くらいから、僕が中高から私立行ったっていうのもあるんですけど、つきあいは微妙になくなっていって、彼は公立に、普通にそのまま中学校あがったんで、

女優3　小学校のときとかは、ゴールデンウィークとか、家族どうしで箱根行ったりとか、夏休み伊豆に海に行ったりとか、する仲だったんですけど、冬にどこかスキーに行ったことも、一度だけだったけど、冬休みにそういうことしたのは、

女優3　でもあれどこだったんだろう、いかにも苗場とかそういう賑やかなとこじゃなかった気がするなあ、確かもう少し家族で静かに楽しむみたいな、地味めなとこだった記憶があるなあ、

間。このときまでに男優5、登場している。

男優5　でも水野くんが、スキー行った、あのときの場所、どこだったっけ？　て、このとき、あつしくんて人にもし聞いたら、「確かあれは、群馬とかの、なんとか高原とかだった気が、なんとなく記憶がまだあるんだけど」、くらいのことだったら、そのときの記憶で、観光のパンフレットの、群馬、ていう文字がなぜかくっきり、記憶に残っていたので、答えてくれたはずなんですけど、

女優3　でも、今になって考えてみると、あれってことだったんだなあ、家族どうしで一緒に、旅行いく家族ってことは、その家族どうしって、経済の、同じだったんだなあって思って、なんていうか、子供のときはもちろん、全然そんなこと考えなかったけど、

女優3　そういう、あつしくんを、そのとき、でも見たら、あ、たぶん普通にちゃんと、なんかいいスーツ着てるし、きっとあれなんだろうな、俺にくらべたら、て思って、ボーナスとかももらってるんだろうし、

間。

男優5　ううん、でもほんとこれ、正直ベース、たとえばの話、ボーナスって、一応は、あるんだけど、ウチも、でもほんと、全然謙遜でもこれなんでもなく、ほぼないに等しいくらいしか、スズメの、だってひどいときとか、えーその金額だったら、キャバクラ地味めに一回行ってもうそれで飛ぶんですけど、みたいな額、それボーナスって言っていいのか、違法だろ、みたいな、

女優3　えー、でもボーナスあるだけで全然、いいよね、ていうか偉いと思う、金額じゃなくて、ボーナスって、あるってことが、それだけちゃんと、意義のあることだと思う、

男優5　いやいやいや、ボーナス、オリンピックじゃないから、

女優3　えー、でも今は、もう、わりといいんでしょ?

女優3　て声かけたりとかは、できなくて、ほんとにそうか分かんないし、もしそうだったらまたそうだったで、なんて言ったらいいか分かんないし、て二重の意味で、

女優3　でもあのときの目の合ったときの感じとか、やっぱり向こうも僕のこと、あれ?て思ってた感じの合いかただったな、て気はしてて、

間。

男優5　ていうか僕も、正直言うと一瞬、二三秒、目が合ったとき、あ、て結構すぐ分かったんですけど、でも相当内心、驚いたのと、あ、どうしよう、でも人違いだとヒくから、てこっちもやめたっていう経緯があって、でも別にそのとき声かけられても、いろいろ微妙だし、マンキッでまさかこういうことにいきなり、

男優5　僕マンキッそのものは結構ユーザーで、でも新宿はめったにそんなこっちのほう来ること仕事で僕ないんですけど、そのときは、たまたまその日は、最初の客先が西新宿で、それ済ませて、終わったら、あ、もうこんな時間お昼どきまでもうちょっとだったから、新宿の駅のほうまで、徒歩で歩いて、高層ビルの一帯の中を、別に時間あったし、それで歩く途中で、お昼何食べようかとか当然考えて、最初はラーメンが念頭にあったんですけど、店なんかいいのないかなあ、て捜してるうちに、気が変わってラーメンは今日はなあ、昨日も飲んだし胃の調子的にそういう気分じゃないかな、て思いなおして、最初っからじゃあラーメン捜すなよ、て話なんですけど、あんまり昼飯しっかりしたの要らねえなあ、てのと、プラスあわよくばちょっと仮眠とりたいのもあって、きのうあ

んまり実は寝てなくて、風呂も実は入ってなくて、ちょっと疲れたかな、みたいな寝たい気分のときは、漫画喫茶って大抵シャワー入れるし、ちょっとしたごはんだったら、いろいろ売ってるんで、このときも結局お昼僕そこで、軽くおにぎりとカップラーメンと食べて、て結局ラーメン食べてんですけど、だったら新宿の雑誌乗ってる有名などこかとか行けば良かったんだけど、

男優5　それで僕わりとよく使うんですね、

男優5　それで新宿ちょっと捜したら、まあすぐ見つかるだろうって思って、てラーメン屋じゃなくてマンキツの話ですけど、新宿はでもマンキツに限らず僕新宿自体にあまり来ないので詳しくなくて、池袋だったらマンキツどこにあるかの分布もかなりマンキツマップ詳細に手描きで描けるくらいの感じなんですけど、でもさすがに新宿だけにすぐ見つかって、そのマンキツは、建物はメインはカラオケのビルだったと確か思うんですけど、その一角の上のほうの階がマンキツになってる形態で、そこに入って、それでエレベーター乗って、上行って、それでエレベーター着いて降りて、受付の人が「いらっしゃいませ」とか言って「インターネットご利用ですか？」「あ、はい」「それでは何番のブースをお使いください、お支払いはお帰りの際になんとかかんとか」みたいなやり

とりをして、

男優5　で、そのときの、僕がやりとりしてた様子を、水野くんが遠巻きに実は見てた、ていう話で、それで水野くんが、前野さんて女の子に、その夜、バイトあがってから、前野さんのアパートに行って、前野さんに僕を見たっていう話をしたらしいんですけど、

間。

女優3　そう、昼休みくらいのちょうど時間帯だったんだけど、

女優3　それから今日十時まで、長いシフトだった、今日も、

女優3　そのあいだずっと、なんか俺、凹んじゃってて、て、なんで凹んでんのか、よく分かんないんだけど、

女優3　でも最近、冷静に、思うんだけど、親とかって、自分たちの、普通に俺のこととか、俺妹もいるから、妹とふたり、大学まで学費出してるのって、普通にすごいよね、て思わない？

女優2　え、すごいでしょ、

女優３　うん、え、そんな別にすごくないかな？
女優２　ていうか、すごいってことは、私、別に前からずっと思ってるし、
女優３　うん、え、みんなやってるんだし、そんなの普通だから、別にすごくないかな？
女優２　ていうか、別に数の問題じゃないでしょ、たくさん人がやってても全然すごいことは、それですごさが数で弱まるわけじゃないし、て私、自分の親に対してもすごくそう思ってるし、ていうか、思ってたほんと高校とかのときから、
女優３　あ、うん、なんかムカついてる？　今、僕のこと、
女優３　凹んでる理由が今俺にあって、凹んでる凹んでるって、連発して言ってることに対してムカついてる？　今ムカついてるでしょ？
女優２　ていうか、新宿なんて、だって、特に、立地的な可能性言ったらマンキッなんて、みんな使うし、五年以上、もう、バイトそこでしてるわけだし、駅を、だって一日何百万人とか使ってるんだし、だったらこれまでに一度くらいすでにそういうこと起こってても、知り合いに会うなんて、別に普通いいわけじゃん新宿だったら、て話だと思うんだけど、
女優２　ていうより、あと、でもそれと、えー、だってさあ、凹んだ、とか言って、何

そのくらいで今さら凹んでんの？　て感じなんだけど、「今日シフトに入ったら、これこれこういう、子供のときの知り合いが、昼に来た」とか言って、それくらいで、えー、つうか今さらじゃない？　それ、すごく？　別に、やあ、とか挨拶普通に言えばいいのに、凹んだ、とか言って、えー、だって、じゃあ、そんな卑屈になるんだったら、ていうかそういうの、最悪だよ、三十にもなって終わってない？

女優2　ていうより、凹んだ、とか平気でよくそういうこと私の前で言えると思って、そういうこと言ったら私に対して最悪ってことになるってこと絶対気付いてない、ていうのがすごい、分かって、そうじゃなかったら私の前で余裕でそういうこと言えちゃう神経とか、普通あり得ないし、それ以前に、たぶん、あり得ないことだっていう想像力が、そこまで働いてないでしょ？　働いたことがないでしょ？

女優2　ねえ私が何今問題にしてこうやってブー垂れてるか、分かってる？

間。

女優3　でも、今にして思うと、向こうとしては、そんなところで、新宿の、知ってる人と会うのって、逆に意外だったのかもしれないなあ、て思ってて、そういうこと分かってあげる部分が、あってもよかったかもしれないと、今は思ってるんですけど、新宿なんだから誰にだって会うよねえ、ていう理屈って、ちゃんと通ってるから、ていう、でも、その正しさで、あのとき、向こうに対して、責めるようなところまで、行ったんですけど、でも、責めてるこっち側の論理が、正しいかもしれないけど、向こうの気持ちの中では、感覚は、逆に、新宿だから会わないいんじゃないかなあ誰にも、ていうのがあったかもしれなくて、というのは理解できていいと思って、ていうかできて、そのときもしかも、実はできていて、たから、最初から向こうはそういうふうに思ってるだろう、てのは、知ってて、

女優3　同情の余地は、ほかにも分かる部分は、理解できるとこは、あると思ってて、だって自分のことで、フリーター、かつかつだし、でもそれは、言わせてもらうと、私だって、派遣だけど私は、でも派遣といっても、言い方が微妙に違うだけでただ単語の、ほとんど同じようなものだし、

間。

女優２　ねえ私が何今問題にしてこうやってブー垂れてるか分かってる？

女優２　卑屈になるのは、一人で勝手に卑屈になっててよ、てぶんには好きにしたら、て思うんだけど、私に対してそれをぶちまけてくると、私に影響してくる問題になってくると、えー、そんなんだったらグダグダ言ってないでなんか行動おこせばいいじゃん、

女優２　すごいほんとはこんなこと、なんで、言わなきゃいけないのは、その役は、私なのか？　とっくにどっかでこんなこと言われててほしい、ていうか、言われてるでしょ？　それが単に効き目が、効いてないんでしょ、ていうか、いいかげん、ねえねえ、もう何歳？

女優２　ここまで私がキレてるもしかして理由が理解できない？　いきなりであんぐり、て感じ？　キレてるむしろ私が悪い、て思ってる？　私が、なんかヘンな期待してたのが悪い？

女優２　でもそれはそうかもしれないですよね、なんか、我慢、ていう言い方は自分に対していちばんしたくない言葉だけど、でも、ここまで、私はすごいよく耐えたと思う、こんな人の、でも、もう、これ以上、人生のことで、

男優5　「こんな人」？　みたいな、
女優2　憐憫して、浪費、犠牲にならないで私はもういい、て思うと、ふうっ、て感じで、自分にポンポン（お疲れさま、の意）、て感じで、こんな人の、ていう言い方はあれですけど、でもこんな人の、ていう言い方しないと、待つというか、我慢を、もし、もっと続けようと思えば、てことをいつまでも言ってたら、たぶんいくらでも待てるんですけど、待てるってことに逆にいつまでもしちゃうと自分の中で、それはある意味、自分への甘えでもあると思って、ずるずるいつまでもしちゃうから、どこかでだからもう、切ろうって決めて、でもそのためには、こんな人扱いできないといけないよなあと思って、口で言ってるだけじゃだめだから、

間。

男優5　なんか、一幕での説明では、前野さんの年齢がとうが立ってきたしみたいのが理由で水野くんのほうが、前野さんを切った、みたいな雰囲気でしたけど、むしろ逆で、水野くんは前野さんに、、どっちかっていうと、切られたんですよ、

男優5　そのときはずいぶん、きついこといっぱい言われて、「何そのくらいで今さら凹んでんの？」とか、「死んじゃえば」とか、

男優5　そんなきついことは、そのときが最初で最後でしたけど、言われたのは、「ほんと、死んじゃえば？　いっそ、そのほうが、自分自身のためにもいいんじゃないの？　なんか、生きてる意味、もう、ないと思うよ、て思うよ、なんのために生きてるの？　ていうぃちばん、部分が、三十とかになって、そういういまだ状態って、ヤバい以前にもう、手遅れ、て感じだよね、そう言われると、痛っ、グサッ、て感じ？　でもすごい言いたくなる、見てると、こういう状況で、普通の精神状態で生きてられるのが、逆にすごい、信じられない、

男優5　男らしくしろとか、言ったことないと私、思うんだけど、言いたくないし、そういう普通に、ベタなこと、でも、一応、気持ちがまだ残ってる人に対しては、そういうこと言ってあげるのが、むしろ言ってあげるべきかも、みたいな気持ちに、今私、生まれて初めて、へえ、私これ、ほんとの意味でいいやつじゃん、みたいになってるところで、すごい、ほんとこれ、記念すべきことで、そういうこと言うのほんとヤだと思ってる私に、そういうこと言ったほうがいいかも、て気持ちにさせた、かなり心からの、

それも、初めての人記念なんだけど、

男優5　とか言われたんですけど、ずうっと、女の、ねちねちと、ていうか、人に対して「死んじゃえば」とか、自分のこと何様だと思ってるんだろう、て話じゃないですか、なんの権利でそんなこと言えると思ってるんだろうこの女は、て思って、

男優5　ていうか、分かってるし、全部、そう思われてる、見られかたされてるのは、「あー、こいつらが将来の日本に、稼がないし、税金もしたがって収めないし、年金もしたがって払わないし、グダグダにしてくのは、こいつらか」みたいな、「いいトシしてこんなところで、何考えてんだか、わかんねえよ、いくつだよ」みたいな、視線なんか、感じてるよ、言われなくても、

男優5　うるせえよ、て感じだし、

男優5　もっとムカつくのが、もう少し、「あーはいはい事情分かってますよー」風の目線の、あー、彼らは我々とは違う、独特の哲学と人生観を持った人たちだから、この人たちになにかこっちの価値観で言ってもある意味しかたない、みたいな雰囲気の、そういう、雰囲気という形での、（溝）、

女優2　えー、うるせえよって、だったら言えばいいのに、思ってるんだったら、

女優2　自分が今こういうふう、てことに、こいつら終わってる的な見られ方されてるって思う、そう思う卑屈な、思い込みでしょそれは、そんなふうに、思わなくていいと思う、て私は言ってるだけなんだけど、なんで勝手にそれを、卑屈に、そうやって思われてるって思ってるの？　てことを言ってるだけで私は、そのふたつは違うでしょ？

男優5　いやいやいや、思い込みじゃないって、ほんと絶対そう思われてるから、

女優2　誰に？

男優5　いやいやいや、それ分かるしすごい、

女優2　誰に？　具体的な誰々さんに言われたことが直接あるの？

間。

男優5　ていうか、「そのふたつは違うでしょ？」ていうのは、違うってのは理屈でだけでそんなの、理屈では違うかもしれないけど、実際はでも、同じじゃんそんなの、

男優5　すごい、理想、ていうんじゃないかもしれないけど、難しすぎること言ってると、うん、思う、課題が、それ実際上、だってその二つを違うことにして、区別するの

なんて、難しすぎ、机の上の、で言えるだけでしょ、

間。

女優2　具体的な誰々さんに、だから、言われたことが直接、あるの？

男優5　ないよ、

女優2　そういう雰囲気の、世の中の、どうせそう言われてるんじゃないか感常に感じながら、みたいなこと？

男優5　そうそう、

間。

女優2　直接言われてないのに直接言われた風に、勝手に、先読みっていうか、深読みっていうか、先走りか、して勝手にそこまで行くのって、なんか、もしかしてそういうのが、アレだと思ってない？

男優5　ううん、思ってないよ、アレってなに？

女優2　謙虚とか、無難な作戦の、安全策みたいな、でもその考え、間違ってるから、それ単に卑屈ってことだから、て思うんだけど、

間。

女優2　なんで直接来てるわけでもないのにそんなに言われてる感にプレッシャー感じなきゃいけないの？　そういうのムカつかないの？　ムカつく、とか思ってなんか、そういう、勝手に向こうからやってくるのを押しのけようとか、思うようなことには、ならないの？

女優2　ていうか、押しのけて欲しかったんだけどね、押しのけられなくても仮に、押しのけようと、もう少し戦う感じの、姿があったらそれに自分をこうする（沿わせる）、選択肢、残ってたと思うんだけど、

間。

男優5　いやいやいや、直接言われてる人は、世の中的にはいるでしょう、だからさっき思い込みだって（キミは）言ったけど、思い込みじゃないよ、思い込みではないけど、僕がじゃあ、お前は直接そういうこと言われたことあるのかっていうのは、ないんだけど、

男優5　それはでも単に僕のキャラの問題かもしれなくて、間。

女優2　うん、だから、だったら、どうして、直接来てるわけでもないのに、言われてる感っていうか、そう思われてる、ダメなやつだと思われてる感そんなに感じなきゃいけないの？　前もっていてすぎない？　こう（身構えていすぎ、の意）、全然それじゃあ、楽しくなくないかだって生きてて毎日毎日いつもそんなこと気にしてたら、

女優2　それがすごい、一緒にいて、こっちの身にもそういうの、なってほしいし、てのもあるけど、それ以前に第一、自分的にそういうのって、生きてて、普通に、イタくない？

間。

男優5　え、すごい今の言い方、ひどくない？　「イタくない？」とか言って、

女優2　うん、だから、なんか、もう全然わかってないんだね、

女優2　「ひどくない？」ていうときに、その前に一瞬でも、私に対してはそれじゃあ、結果的にどういうことになってるのか私に対してあなたのやってることは、みたいなことは、加害者としての、全然考えてないみたいだから全然伝わってない、自分の話しかしないいし、

間。

男優5　ていうか、イタいですよ、

男優5　普通に考えて、このままいったら、俺普通にホームレスじゃない、そのまま、なるじゃん、だって、普通に考えて、このまま親が、ね、先に普通に死んだら、家とか

のこと考えたら、てそれ想像してないわけじゃないからね、さすがに俺も、それくらいの想像力あるから、

男優5　ないやつもいるからね、信じられないんだけどね、そういうやつらは、でも、態度があからさまに出るから、カウンターでの、店にたまに来るんだよね、どうしても休みたいんだろうね、やっぱり、ちゃんとしたところで、たまには、わかんないけど、漫画読みたいのかもしれないけど、なんか一応壁のちゃんとした、建築物の中で？　でもくるわけ、中にはね、ちゃっかりなんか、後払いだからウチって、とりあえず入っちゃって出るときに金がないって言っても、その時点でもうばっちり爆睡とっちゃったし、シャワーも浴びちゃったし、ていうのを、もうやっちゃったもん勝ちだって考えで入ろうとする人がいて、見て明らかに分かるから、そういう人は普通断るんだけど、うん、断るのは俺も断るんだけど、でも、断り方があるだろ、てそいつらの対応は、思うんだよね、人間同士の態度じゃないんだよね、あいつらたぶんバカなんだと思う、最低の想像力で、繋がってないから、

男優5　今俺が思ってるほど、もし将来そういうふうに、そういうふうにっていうか、俺もなっちゃったら、うん、なっちゃっても、もしかしたら、今思ってるほど、実際は

そんなにひどいことじゃないのかもしれないよね、その頃には別に俺みたいの、いっぱい、そうなってるやついそうでしょ、どう考えても、今より、ぜったいそういう人たちずっといっぱいになってると思うんだよね、じゃあ、まあ別にそんな切ないことでもないかも、なんとかなるかも、ていう希望的観測もあったりして、うん、

間。

男優5　空気、雰囲気の存在、てのが絶対に、たとえば幽霊とか、そういう、気のせいではなく、存在していて、

男優5　キミたちは、どうして、ちゃんと職に就いたり、就こうとしようと、なあ、絶対に死ぬ気ですれば、今の日本だったら、なんだかんだ言ってまだ贅沢な、えり好みしなければ、ちゃんとした職に就けないことはないはずなんだから、がむしゃらにさえやれば、んー、しかも大卒でしょ、みんな、それなのにどうして、一回くらい、がむしゃらになって、んー、ていうのが、どうしてもやっぱり、我々には理解し難いものがね、あるんだよな、でもアレか、独特の人生観と哲学、お持ちなわけだからキミたちに対し

てこっちがどうこう言っても、んー、まあ、それは尊重するべき、んー、

男優5　でもさ、独特の人生観と哲学をお持ちだから、職を紹介しよう、ほかにもいろいろしてあげようとしても、まあ、「ほっといてくれ」と、でも、言わせてもらうけど、「別に何も悪いことはしてない」という自覚なんだろうけど、そういう態度の人たちが、ある程度以上、その程度を超えてこうしてることが、社会のこれからに対しての、いろいろ、不安を、やっぱりあれしているわけだし、そういう不安な気持ちを、社会的に、生じさせている存在で、自分たちがある、てことには、やっぱり、それなりの責任を感じていただかなければならないと思うんだけどさ、

男優5　みたくいつも、水野くんは、言われてる気がしてる感じは、感じてるんじゃないかと思います、昔は毎日、一緒に、遊んでたりしましたけど、まあ、昔のそれは話なんで、今僕は、別に水野くんがどういう人なのかとか、結局全然知らないから、だからまあ、結局声かけたりはせず、一時間でそのまま、店は出て、たぶんもう、今度新宿来る用事があっても、まあ、このマンキッには、もう僕は来ないと思いますけど、（退場）

第4幕　新宿駅の構内

女優1と男優3が抱き合っている（が、この時点ではまだそれと判明できないようにしておくのが望ましい）。

女優4と男優4、登場。女優4は熊のぬいぐるみ（リラックマ）を持っている。

女優4　駅とかで、終電がもう近い時間帯とかだと、もっと早い時間から盛り上がってるカップルもいることありますけど、壁とかで、柱でもいいんですけど、よく二人で、ぎゅーってやってる人たちとか、抱き合って、あと、おでことおでこコツン、とかこうやって（合わせて）してる人たちとか、いっつも見ると思うんですけど、

女優4　私この前それで発見したんですね、何をかと言うと、そういうとき位置関係って、男の人のほうがほぼだいたいの確率で壁に背中こう向けて立ってて、女の子のほうがこう、男の人に対してたとえば体重をこう、ずん、ずん、てみぞおちの辺に頭突きを一定間隔とか、反対にこう、預けっぱなしみたいな、その前後時間の分かんないで通りす

がりで傍から見てるると名残り惜しがりあってるのか、逆にそれともトラブってでてそういうずんずんなのかが微妙な、こととかあったりいっつもするじゃないですか、反対の、女の子のほうが壁沿いで男の人が、そう、こういうのは、あんま見ない気がするじゃないですか、

女優4　でも、私それまであんま見ない気がするって思ってたんですよ、思ってたんですけど、でもそんなことも、この前、必ずしもないんだなあ、ていう、こういうふうに逆のときもあるんだなあ、て実際それを見てそう思ったってことがあったんですけど、その話を、今からやると、

女優4　新宿の駅の、私は小田急なんですね、だから電車乗るときは、西口にいるときは普通に小田急の改札があって入るんですけど、東口のほうにいるときだと、東口からだと、小田急乗るとき、小田急の切符買って小田急の切符で東口はJRの改札くぐれるようになってるじゃないですか、それでぐぐって西口側の改札の一番向こうの山手線とかの乗り場のほうの、何番線かまで行って、それで西口の出口のほうに行く途中に降りる階段になってるところがあるそのこっち（右）側に小田急との連絡の改札あってそこ通って小田急に乗るじゃないですか、それで、そのときも私はそうした日だったたんですよ、東口にきのう、一緒に、彼氏となんですけど、一日の最後のほうに、いて、その日

はお昼一緒に食べようと思ってお昼前にアルタのとこで待ち合わせして、お昼ロールキャベツ食べて、それからずっと、伊勢丹で実際には買わないんですけど、ていうか買えないんですけど服一緒に見て、ていうか見るのただ付き合ってもらって、あんまり彼は興味ないいんですけど、分かって強引に、とか、ほかにもいろいろして終電まで一緒にいたんですけど、それで一日の、そのデートの最後のほうに彼氏が、東口の、ちょっと、バッティングセンター行きたいんですけど、て言いだして、歌舞伎町の奥のほうについでに使えるちょうどいい感じにバッティングセンターあるじゃないですか、私はただ彼がひたすら打ってるのいっつも見てただけなんですけど、

女優4　あ、でもそうだ、そこに、なんか、女性もバッティングでスリムなボディに、みたいなこと（バッティングセンター内のポスターとかに）書いてあったの読んだんですよ、え、そうなの？　バッティングってそういう効果なの？　て思ってちょっとやりたくなっちゃったんですけど、でもそのときはやらなくて、時間とかリミットもあったんで、今度また来ることとすぐあるだろうしそのときちょっと挑戦してみようと思って、ていうか最近また痩せようと思ってるんですよ、ていうかいつも思ってるんですけど、でもなんかすぐ甘えちゃうんですよ、（彼氏に）「えー全然別にそのままでいいじゃん、全然別

に太ってないよ」とか言われたりすると、あと「えーなんか少しくらいぽっちゃりしてたほうが可愛いよ」とか言われたりすると、ていうかどっちだよって感じなんですけど、でもなんか、(彼が)わりとぽっちゃりしてるくらいがいいみたいのはほんとだったみたいなんですよ、「ほんとだったみたい」ていうのは、過去形なのは、ていうかこの前言われたんですよ、「や、俺最近までぽっちゃりしてたほうがいい派だったたんだけど、断然ね」とか言って、「でもこの前ちょっと気づいて、俺が求めてる、なんていうかぽっちゃり感って、触ったりしたときの、『あ、わりと痩せてても、全然じゅうぶんあるんだなあ』て分かって、だったらぽっちゃりじゃなくてもいいっていうか、むしろだったらぽっちゃりしてないほうがいい派に今なんとなく、少しずつシフトしつつある」とか言って、そんなこと分かるようなことする機会お前いつ持ってたんだよ、ていうのはあるんですけど、

このあたりで、抱き合っている男女が女優1と男優3であると判じられるようにするのが望ましい。

女優4　そう、それで、じゃあ痩せようかという時期にそれもあって今私入ってて、だ

から今度ひそかに一人でも、私のウチの近所にもボーリングとかカラオケとかスケートとかと一緒になってバッティングセンターが入ってるところとかあるんで、そことか行ってみようかなとか何気に思ってるんですけど、そう、それでその日、バッティングセンター終わって、もうすぐ終電やばいから、帰ろうって言って、帰ったんですよ、それでさっき言ったみたいなルートで、東口のＪＲくぐって小田急のほう行こうと思ったんですね、そしたらそのとき、この人たちを見たんですよ、ホームに上がっていく下の階段と隣のそういう同じ階段との間の壁のところで、山手線とかと中央線とかとの間だったかなそのときは、のところで、このときも私、最初は私この二人今いい感じなのかトラブってるのか分かんないなあ、て思いながら一瞬見て通りすぎたってだけだったんですけど、

男優４　僕はあれは全然ラブラブのほうだって見て分かりましたけどね、

女優４　でも、そういうのって普通、見て通りすぎたら即忘れちゃうじゃないですか、私はあの二人、私にとって全然そのときは知らない他人だと思ってたから普通に見たあと別になんとも感想とか反芻とか思ったりまったくしなくて、そのままだったらもし、忘却のほうに行きかけてて、そしたら通りすぎて小田急の中に入ったところで彼が、「ねえねえ」とか言って、「今あそこで抱き合ってたっていうかいちゃってた二人いたで

しょ」とか言って、「あれ今の二人とも俺のバイト先のやつらだったわ」とか言って、えー、そうなんだ、て思って、

男優4　そうそう、でもあの二人そういうことになってるのは、そのときまで実は僕も知らなくて、あのあとそれで突っ込んでみたんだけどわりと速攻で、後日、後日っていうか次の日だったんだけど、シフトかぶってたから、そしたら、「えっ！　見てたんだあれ」とか言って、「マジで？　見てたんだ？　えー頼むからあんま積極的に言いふらさないでくれると嬉しいバイトの中で、別に俺はいいんだけど小川さんのほうが、いろいろアレだから」とか言って、

女優4　何アレって？

男優4　小川さんって言うんだけどさその、あの彼女ね、そうそう、何だろうねアレって、

男優4　や、でもすごいよかったと思うよね竹内くんほんとやっとめでたく彼女できて、できない時間が長かったからね、だから俺としても協力じゃないんだけどそれまでのあいだいろいろ手伝ったりしたり、そのだから一環として、と言っても二三度だけだけどね、合コン？　みたいなこともやったりしたり、したしね、要は、まあ言ってみれば、なに、青鬼役だよね赤鬼青鬼で言えばそこでの俺は、買って出て、

男優4　そうそう、だから違うんだよ、違うってのは、あれだったんだよ、そういうあれでいたいろんな人のうちの一人の、単に話なんだよね、さっきの、すっごい腕細いコがこの前いて、ていう話は、手首とかさ、ほんとこうやって（親指と人差し指で）摑めるんじゃないの？　ていう、鎖骨とかもすごい、脚とかもこれで（両手で）いけるくらいの、背ェ高くてモデルみたいだったんだけど、それで腕とか触らせてもらったんだ、うわっ、細えっ！　て思って、思ったんだ、思ったんだけど、同時にね、でも意外とこんな細くても、なに、肉の感じ、柔らかい、結構あるんだな、ていうのももう一方の感想としてはあって、なんかそれまですごい細い人とか腕とか当たったら痛いだろあれ、刺さるだろあれって思ってた部分があったの、あったんだけど、それは改まった、

男優4　ていうか竹内くんの好みがそういえば、実は彼すごいガリガリくらいのコのほうがむしろ好きみたいな話は、以前からしてて、だからそういう、さっき言ったようなコにも招集かけたりしたわけなんだけど、そう、え、でもガリガリしててそういうコはたとえば痛かったりしない？　みたいな、俺はそういうコは痛そうでちょっとなあ、みたいな俺が純粋な質問したこととかあって、そしたらそのとき竹内くん、あー、それ清水くんね、たぶん思ってるよりそんなこと案外ないんだよね、て言うんですよね、あ、

竹内くん経験あるんだ、て思って、そうそう、

男優4　そうだそう言えばこの前ウチのマンキツ新しいバイトが一人、宮田くんっていう男子が入ってきて、それで俺さあ、その宮田くん最初見た目パッと見、俺とか竹内くんと世代的にだいたい同い歳グループかな、て勝手に思ってたの、だから最初ちょっと声かけしたりして仲良くなっとこうってしかけてたんだよー、でもそしたら履歴書書いてきてたやつがあって事務所にたまたまガサって置いてあったから見てみて、そしたらその人三十二歳で、や、若く見えるんだけどね、なんだお前みかかサイドか、ていう、一人増えたんだよねだから最近みかか、だから、宮田だから『みみかか』だよねこれで、ていうね、

男優4　て関係ない話してごまかそうとしたのが明らかに裏目に今出てるけどね、ごめんごめん、

男優4　みたいな、こんな清水くんなんですけど、でも、清水くんは清水くんの彼女のことすごい大切にしてるんですよね、ていうのがどこがかというのは、彼女がさっきから持ってるリラックマが実はそうなんですけど、彼女今日誕生日で、そういうのは絶対忘れないでプレゼントなり、相当気合い入れてするんですよ、だから清水くんは竹内くんにも、竹内くんと小川さんが、あ、そういうことになったんだ、すごいよかったじゃん、

おめでとー、てなったときに、アドバイスじゃないですけど、そういうことだけは竹内くんも絶対ちゃんとやったほうがいい、彼女ができたんだったら特に、ていうかこれリラックマも、最初はテディベアってのがあったんだよー、前にお店の前とかで一緒に見たとき超可愛い超可愛いって超盛り上がってたことがあったからそれ覚えてたから、あ、じゃあ今年はテディベアにしようかなって漠然とそのときはイージーに思ってたんだけど、そしたらテディベアって、そのときまで全然知らなかったんですけど、余裕で万越えとか？　二万越え三万越えとか？　ああいう可愛げな顔してやつら平気でするじゃないですか、だからちょっとそれだと僕的にはありえない感じなんで、それで三千円台の無難なラインの、このリラックマに結局落ち着いたわけなんですけど、でもプレゼントは額じゃなくて、全然一番って断トツで気持ちなんで、彼女もたぶんそれに、えーうれしい、えーありがとう、て言ってたんで、喜んでくれてんだと思うんですけど、間。

男優3　なんか、すごい普通のこと今から言いますけど、彼女とかって、いいですよね、やー、僕基本的にこっちから見られていたのに対して反対向きでこっち見てた（背を向けていたの意）から、清水くんが来て見られたことそのときは気づかなくて、まったく、やー、僕たちは実はそのときが本気で初デートで、だから清水くんとこみたいに歌舞伎町行って、いろんな意味でバット振るみたいなことは、全然まだうちはピュアなんで先の話なんだけど、やー、二人ともその日はバイトない日だったんで、待ち合わせたんですよ新宿で、なんで新宿だよ、オフのときくらい他のとこ行けよ、ていう感じですけど、やー、でも別に、どこでも場所はよくて、ただ二人でぶらぶらできればそれでいいよね、てことで一致してたのもあって、結局新宿にしたんですよ、それでぶらぶら、「どこかでお茶でも飲もうか？」「どこかで、ご飯食べようか？」とかやって、過ごしてたんですよ、

男優4　だからこの日ウチら二組とも新宿一日中うろうろしてたってことなんですよね、会わなかったけど最後のとき以外、

男優3　そう、行動範囲とかね、それで、でもあー、もう終電だってなって、また会おうね、とか言いながら、うん、とかいいながら、その日もそれまでは一応手ェつないでは歩いてましたけど、やー、でもその最後の駅のところでこんなみたいに近づいた距離になったのはそのときが初めてで、それでそのときに、小川さんの髪とか、いい匂いだ

なあって思って、「小川さんってさ、やー、いい匂いするよね」て、言ったんですよね、

女優1　えっと、なんかこういう話ってたぶん、全然お前らにだけ特別なだけで、のろけ話って要はどれ聞いても聞いてるほうからしたら全部同じだし、て思われてるむきもたぶんあるかもなんですけど、てことは分かりつつのろけるんですけど、そう、そのとき竹内さんに「小川さんってさ、いい匂いするよね」とか言われて、髪とかのことなんですけど、「えー、でも私別に何も香水とかは付けてないし、匂いって言ってもそれたぶん、普通にただP&Gとかですけど」て言って、そしたら竹内さんが、シリアス目に「ううん、そんなことないよ」とか言って、え、何がそんなことないのかちょっと、よく分かんなかったんですけど、

男優3　違うんですよ、「ううん、そんなことないよ」てのは、まあP&GはP&Gかもしれないんだけど、でも、それでもほんとにただ単なるP&Gなだけだったら、こんな今みたいないい感じの匂いってことにはきっとならないと思うんだよね、なぜってP&Gは、小川さんの本来持ってる、やー、本来の小川さんの匂いのいい感じ成分と混じりあったときにはじめて、P&Gとしての良さもマックスに到達するんだから、可能性を発揮させるんだから、ていう意味での、「ううんそんなことないよ」てことだったんですよ、

男優３と女優１、しばらく互いの匂いを嗅ぎ合う。それをやめて、

女優１　え、でも竹内さんも実は何気にいい匂いさせてますよね、

男優３　あ、ていうかこれはね、僕は最初そんなに、そういうデオドラント系への意識がすごい希薄だったの、でも清水くんがそのあたりの意識彼超高いから、やっぱり彼の影響がだから大きいと思う、

女優１　はい、

男優３　と言ってもこれ匂い服はただのファブリーズだけどね、

女優１　あ、はい、でも全然、オッケーだと思います、ていうか、ファブリーズも確かP&Gですよね、

男優３　うん、あ、そっかそっか、ファブリーズ、

再び互いの匂いを嗅ぎ合う。

女優1　清水さんの彼女ってウチにいる誰かとか、元ウチにいた誰かとかだったりするんですか？

男優3　違うみたい、みたいていうか、違うんだけど、て知ってるんだけど、うん、全然関係ない別のところでバイトしてるコ、カラオケだったかな確か、あ、そうだカラオケだ確実に、

女優1　清水さんの彼女ってどんな人なのかちょっと興味あるんですけど、

男優3　あ、ほんとに？

女優1　はい、

男優3　ていうのは、とりあえず今度一回四人でカラオケとか行かない？　て言われて、そういうことになってるんだったらって、そのコがバイトしてるカラオケの系列のとこだと割引で安く入れるから使えるよ、て清水くん言ってた、彼女バイトカラオケなんだけどねそういえば、そうそう、

女優1　えー、じゃあそこでいいですよね一回みんなで、

男優3　うん、

女優1　それでこのわりと数日後に、清水さん彼女のカラオケのバイトの、同じ系列の

カラオケとかで、清水さんと清水さん彼女と私たち二人と、四人とでカラオケしたりとか、このあとわたしたちすぐしたんですよ、それで確かそのときだったんですけど、すごい私見てて分かったんですけど、清水さんの彼女は清水さんのことが、ほんともう好きなんですよ、男子が、二人とも確かトイレ行ったかしたときだったんだと思うんですけどあのときは、結構長い間行ってて、帰って来ないねえなかなかあの二人、てときがあって、でもそれ実は、その前に四人で居酒屋に一次会は行ってたんですけど、そこですごいもう一人アタマ三千円ぶんくらいだから、特に男子二人はかなり飲んでたんで、だからそのときは実はトイレで男子二人は、二人ともゲロ吐いてたらしいんですけど、ていうことはあとで聞いて分かったことでこのときは帰って来ないねえ、て言ってただけだったんですけど、でも、割とその時間のあいだ、わたしと清水さん彼女と二人だけになって、曲もちょうどそのとき流れるのがウチらの部屋は終わってそのまま、なんか次が入れられてなかったから、止まっていて、そうだからあのときは遠くから、ていうか、隣の部屋からか隣の隣の部屋からか、曲と、あと歌ってるのも、すごい絶叫してヘタなのが、聞こえてるなあっていう、そのときは感じだったんですけど、ていうときに、私、清水さん彼女にいろいろ聞いたんですけど、へえ、そうやって付き合い始めた清水さん彼女歳訊いたら三十とかとか言って、えー若い、見えない、タメくらいかと思ってたー、てすごいびっくりして、タメと思ってたってのはちょっと言い過ぎですけど、ちゃったんですけど、てのはどういう話かと言うと、清水さんの彼女は、私ほんとうに彼、彼って言うのは清水さんのことが、ほんと好きで、とか言ってて、二人でいるとなんかもう、それだけでほんといいと思う、とか言ってて、清水さん彼女も清水さんも二人とも今、まだ実家で親となんですけど、今はそれ以外まだ無理なんで、そうしてるんですけど、でも、いつか一緒に二人で住めたり、できるようになったらいいよね、て話とか二人でたまにしたりするんだけど、そういう話してるときとかが、私すごい好きで、そういう話二人でしてるときとか、私、ああ、もうほんとすごい清水さんのことが好きなんだな自分、てことが、いっつもそういうとき自分ですごい分かるのは一番そういうときで、なんか、ほんといつかそういうふうになるといいなあ、いつまでも二人でわりとまったりしたり、このままずっと、年とっても、そういうのが続いて、みたいな、なんかそういうの、すごくありがちな、歌とか、今咄嗟に思い出せないけど、そういう歌と

女優1　あと、それ聞いてたら清水さん彼女のことすごい可愛いなあって私も思っ

かきっとあるよね、ていうか絶対あるよね、でも今も、そういう感じだよね、私ら、みたいに思えながら、話したりするみたいに、これからもずっと、二人でしていられたりしたらいいなあ、て思うんですよ、

女優1　二人でいるとなんかもう、それだけでほんといいと思う、とか言うと、言葉としてはすごい普通だけど、でもほんとそう思う、

女優1　「言葉としてはすごい普通」とか言って、でも、私が今自分では相当すごいと思ってる、そういう言葉で言えるような他の気持ちと較べものに、一緒にしないでよみたいな自分の気持ちの状態は、普通の程度の言葉なんかじゃ表せないって自分では思うけど、でも、今までその言葉を使ってきた歴代の人の気持ちも、実はみんな、どれも今の私のみたいにほんとうはすごいもので、てそれぞれ思ってたかもしれなくて、だったら今のこの私の気持ちも、もしかしたら、二人でいるとそれだけでもういいと思う、ていう普通の言い方で、じゅうぶん言えてる、てことになるのかもしれないけど、

女優1と男優3、抱き合い、接吻しようとする。が、何かに気付き、互いの匂いを強く嗅ぎ合う。しばらくして、二人の手前をホームレスが通り過ぎる。

「フリータイム」初出＝「新潮」二〇〇八年六月号

おわりに

二〇〇五年に岸田戯曲賞を、まさに青天の霹靂といった具合にいただいて、それを機に初めての戯曲集を出版し、それから五年が経ったけれども、この間に自分の書く戯曲は、そのスタイルをずいぶんと変化させた。まあ、完成形としての演劇それ自体もだが。

わたしにとってふたつめの戯曲集となるこの『エンジョイ・アワー・フリータイム』は、ある程度には、その変化を推しはかれる痕跡のようなものともなっているのじゃないだろうか？

変化とは、どのような変化か？　ひとつには、五年前は自分の書く言葉が「超リアル」な「現代の若者」の話す口語のせりふであったのが、そしてそのことを謳い文句とさえしていたのが、今や「リアル」を活写することへの関心はわたしの中でどんどん、相対的に言って小さなものへとなってきている。だらだらした若者言葉を書く劇作家としてのみ規定することができないような者に、現在のわたしは、徐々になろうとしつつあるのではないだろうか。「リアル」をリアライズする欲望が萎えてきているということなのかもしれない。けれどもそこからすっかり訣別しようと思っているのかといえば、おそらくそうでもなくて、単に、それ以外の欲望、たとえば、抽象性を獲得していこうとする欲望などが、以前にまして膨らんできているのだ。

たぶん五年前のわたしは、リアリズム、ということがあまり分かっていなかった。リアリズムの外側に、自分が用いることのできる領域があるという想像――つまりリアリズムとの相対化――ができていなかったのである。けれども今は、そこは違う。リアリズムというのは数ある手法の一つである、というごく当たり前のことが、ようやく分かった（遅いよ！）。今後わたしは、リアリズムとの距離をときには取り、ときには詰め、ということを自律的に行いながら、演劇をつくり、また戯曲の言葉を書いていくだろう。

変化には、もうひとつある。わたしの書く戯曲は、芝居の設計図といったおもむきのそれであることから、徐々に離れてきている。つまりわたしの戯曲は、それを読みさえすればこの芝居がどのような上演となるか、だいたい見当が付く、というようなものでは次第になくなろうとしている。そしてこの先さらにそうでなくなっていくほうへと、わたしの戯曲の書き方は向かっていくだろう。そうありたいと、現在のわたしが望んでいるからだ。わたしにとって、わたしの書く戯曲が上演を定めるということの必要性は、みるみる薄らいでいる。そんなことを戯曲にされるのは煩わしいという思いは、反対にみるみる強まっている。

演劇というものが、物語であるのみならず、その上演の時間の体験そのものでもあるのだとすれば、後者については、そんなものは稽古場でしか作り上げられないと、わたしは思う。それを戯曲の中に固着させることなどできない、たぶん、絶対にだ。その種を仕込んでおくことはできるだろう。しかしそれがどんな演出家によっても必ず芽吹くものでは、あるはずがない。

わたしは、自分の書く戯曲が、上演を形作っていくために必要なさまざまなことについての決定権を、できるだけ持たないものであるようにしたいと思っている。決定権をできるだけ多く稽古場に譲り渡してしまっているようなものであればあるほど、いいと思う。

それは、戯曲というよりも、単にテキスト、ということなのかもしれない。実際わたしは、最近、自分の書く戯曲を、戯曲、とは呼ばず、テキスト、と呼ぶようになっている気がそういえばする。

ただし、そうしたテキスト——テキストに固有の強さだけが発揮されているテキスト、ということだろうか?——を書くのは、とても難しい。そもそも、テキストにしか担えない力とは一体なにか? そんなものあるのか? まずそれが不確かなことだ。こうして問いを言葉にすることができるだけで、その実質について、わたしはなんにも分かっていない。

けれども、そこに向かって手を伸ばそうということだけは、ここに収めた三編のうちの特に「フリータイム」において、わたしは試みた。「フリータイム」を制作中のわたしの念頭にあったのは、現行の「フリータイム」よりももっともっと抽象的な、構成をほとんど持たない、単に断片の集積でしかないような、テキストだった。けれども、それは叶わなかった。そこに届くのに、挫けてしまったのだ。いつか、それに届くテキストが書きたい。そのときわたしは初めて、自分が劇作家であるということを、つまり、自分のテキストが誰かによってどこかの稽古場で作られる演劇に対して、その創造性を妨害するのではなく反対に奉仕できるものとして機能するものだということを、確信することができるだろう。

「エンジョイ」は、新国立劇場から、新作上演の話をもらって二〇〇六年に書いたものだ。自分たちの自主公演を見にライブハウスみたいな場所に足を運んでくれるとはちょっと考えづらいような新国立劇場のお客さんに、自分たちの世代の問題をぶつけて摩擦を起こすことをもくろんで、この芝居は書いた。同年にフランスで起こった非正規労働者たちによる暴動や、同じくこの年に出版された杉田俊介氏の『フリーターにとって「自由」とは何か』という著作などに影響されている。

「フリータイム」は、ヨーロッパの三つのフェスティヴァルとの共同製作によって作られた。この作品以降、わたしは、日本国外の観客、日本語を解さない観客、日本という社会・文化に属さない、従って共有しているものが必ずしも多くない観客、そうした人たちに向けてもこの作品は上演されるのだということをあらかじめ念頭においた状態で作品制作を行う、ということを余儀なくされるようになった。日本の社会・文化に固有の（少なくとも、そう思われる）気分やアイテムを、どう扱うか？　日本らしさを安易な仕方で売り物にするのではなく、しかし無理にそこから逃げるのでもない、その適切な、自分にとってオーケーな距離感を探ること、その試行錯誤が始まった。

その試行錯誤は、「ホットペッパー、クーラー、そしてお別れの挨拶」を作ったときに、ようやく、ひとまずの解決を見たように思う。国外における上演を念頭におくことが、かえってわたしを不自由にするという最悪の事態に、これで自分はさしあたっては陥らないで済みそうだと感じられたとき、わたしにやってきた安堵感はとても大きなものだった。二〇〇九年にベルリンの劇場のコミッションを受けて作られた作品であり、わたしにとって初めて、日本国外が世界初演となるという経験だった。

処女戯曲集に続き、白水社編集部の和久田頼男さんにお世話になった。感謝します。

ここに収められたテキストを用いて上演を行いたい場合、「フリータイム」などは特に、その構成など、どうぞ自由に組み替えてください。むしろ積極的に、そうしてください。

二〇一〇年一月　岡田利規

Performance History

"Enjoy" (premiere: 2006)

Production:New National Theatre, Tokyo

2006.Dec @New National Theatre, Tokyo

2007.Sep PRELUDE '07 -SPOTLIGHT JAPAN PROGRAM (Reading Program)

@EKEBASH HALL, The City University of New York

*The following project is in progress:

2010.Mar "Enjoy" produced by The Play Company (New York), Directed by Dan Rothenberg

@59E59, NewYork

Workshops and talk sessions by Toshiki Okada are planned during the season

"Freetime" (premiere: 2008)

Production: chelfitsch

Co-production: KUNSTENFESTIVALDESARTS (Brussels), Wiener Festwochen (Wien), Festival d'AUTOMNE (Paris)

2008.Mar @Super Deluxe, Tokyo

Apr @Kita Kyushu Performig Arts Centre, Fukuoka

May KUNSTENFESTIVALDESARTS 2008 @Beursschouwburg, Brussels

Jun Wiener Festwochen @brut im Kunstlerhaus, Wien

Sep YOKOHAMA TRIENNALE 2008 @Yokohama Red Brick Warehause 3F Hall,Yokohama

Nov Festival d'AUTOMNE @104 CENTQUATRE, Paris

Publication of a script in French "Freetime" 2008, CENTQUATRE/Nouvelles Editions Lignes

"Hot Pepper, Air Conditioner, and the Farewell Speech"(premiere: 2009)

Production: chelfitsch

Co-production: Hebbel Am Ufer/HAU, Berlin

2009.Oct VIE Scena Contemporanea Festival @Ponte Alto3, Modena (Preview)

Oct Asia-Pacific Weeks Berlin 2009: Tokio-Shibuya: The New Generation

@Hebbel Am Ufer /HAU, Berlin

著者略歴

岡田利規（おかだとしき）

1973年神奈川県横浜市生まれ。

演劇作家・小説家・チェルフィッチュ主宰。

2005年に『三月の5日間』で第49回岸田國士戯曲賞を受賞。

2007年にデビュー小説集『わたしたちに許された特別な時間の終わり』を発表し、翌年に第二回大江健三郎賞を受賞。2007年のKUNSTENFESTIVALDESARTSへの参加を皮切りに演劇活動における海外での評価が高まり、戯曲『三月の5日間』、『フリータイム』はフランス語訳でも出版されている。

チェルフィッチュ

岡田利規が全作品の脚本と演出を務める演劇カンパニーとして1997年に設立。チェルフィッチュ（chelfitsch）とは、自分本位という意味の英単語セルフィッシュ（selfish）が、明晰に発語されずに幼児語化した造語。
主要作品：『三月の5日間』『目的地』『フリータイム』
『ホットペッパー、クーラー、そしてお別れの挨拶』
お問い合わせ：プリコグ（03-3423-8669）

エンジョイ・アワー・フリータイム

2010年2月10日 印刷
2010年2月25日 発行

著者© 岡田利規
印刷所 株式会社 理想社
発行者 及川直志
発行所 株式会社 白水社
〒101-0052 東京都千代田区神田小川町3の24
電話 03-3291-7811(営業部), 7821(編集部)
http://www.hakusuisha.co.jp
乱丁・落丁本はお取り替えいたします.

振替 00190-5-33228
加瀬製本

Printed in Japan
ISBN978-4-560-08053-5